随心之语

文石斋偶成诗集

李雷 著

东南大学出版社
SOUTHEAST UNIVERSITY PRESS

内容提要

本书是一位高等教育一线的数学教学科研和管理工作者在长期工作学习生活中积累下来的，以感时、感物、感事、感人、游记、怀古、抒怀等为内容的绝句、律诗、古风、古体、长律、歌行、词和联句以及其他体裁形式的诗歌作品集。在内容上力争挣脱世俗绑架，远离物欲横流。既传承和弘扬中华传统诗词文化，又展现和颂扬祖国现代社会风貌。既讴歌盛世诗情豪迈，又鞭笞腐朽笔调辛辣。既颂山赞水格调清新自然，又吟风弄月意境淡静高远。浪漫时感情奔放、音韵铿锵，叙事中风味敦厚、语言朴实。感悟之中心灵触动，哀伤之时沉郁顿挫。咏史怀古真情实感、穿越时空、寄托深远，写情抒怀淡远恬静、明快奔放、意味悠长。

本书既可作为弘扬传承中华诗词传统文化的辅助读物，也可以作为了解中国历史文化和诗词发展的辅助读物，更为诗词学习与写作提供了一个不可多得的参考读物。

图书在版编目(CIP)数据

随心之语：文石斋偶成诗集 / 李雷著. — 南京：东南大学出版社，2018.1
 ISBN 978-7-5641-7509-2

Ⅰ. ①随… Ⅱ. ①李… Ⅲ. ①诗集-中国-当代 Ⅳ. ①I227

中国版本图书馆 CIP 数据核字(2017)第 294367 号

随心之语——文石斋偶成诗集

出版发行	东南大学出版社
出 版 人	江建中
社　　址	南京市四牌楼 2 号
邮　　编	210096
经　　销	全国各地新华书店
印　　刷	南京玉河印刷厂
开　　本	890 mm×1 240 mm　1/32
印　　张	9
字　　数	259 千字
版　　次	2018 年 1 月第 1 版
印　　次	2018 年 1 月第 1 次印刷
书　　号	ISBN 978-7-5641-7509-2
定　　价	48.00 元

* 本社图书若有印装质量问题，请直接与营销部联系，电话：025-83791830。

我是一个从事高等教育教学工作的普通教师，自1970年代至今，无论读书学习还是生活工作，无论是任数学教师还是从事高等学校教育管理工作，都一直坚持利用诗词的形式记录自己的所见所闻、所干所为、所思所悟、所感所怀、所期所望。这一习惯坚持数十年，至今已使我成为一名真正的诗词业余作者，所得诗句均为偶然而成，今结集成册故取名"偶成诗集"。

我的这一业余习惯得益于我的出身、我的父母、我的妻儿、我的老师、我的朋友，更得益于我们这个伟大的时代。

我的曾祖父是清朝末年的一位秀才，一生未取功名，在我的故乡砀山县城办了一所私塾学校执教终生。但旧中国并没有使得这样的殷实家境得以持续，到祖父持家时，由于战乱和逃难等原因，家已上无片瓦、下无寸土，惟有古书千卷。祖父以此教授父亲兄妹。父亲靠着这些书卷在祖父的教导下自学苦读。"文化大革命"之初，这些古籍损失殆尽，父亲凭着自己所学教授我一些国学知识，祖母和母亲常常教我一些儿歌和启蒙诗文。这些童年的启蒙教育开启了我爱好国学、钟情诗词的门窗，培养了我一生读书学习、工作生活和为人处世的良好习惯。

自 序

我的妻子和一双儿女,他们是我生活的支柱、工作的动力,更是我这一兴趣爱好得以弘扬的支持者和推动者。生活的艰辛是我和妻子共同携手克服的,生活的快乐是我们共同领略享受的。每当遇到困难或收获喜悦,妻儿总是怂恿我赋诗一首一吐胸中苦闷或快乐。我的每一篇作品无论是诗词还是学术成就,第一个读者总是妻子,她的评头论足、指点评判,总是那样的直率、真诚和恳切,在我接受指教虚心修正的同时总能觉察得到她在这背后流露出的欣喜和愉悦之情。我的诗作大都是在夜深人静时偶然而成,每当深夜我的一首小诗写成,总会叫醒妻子,把诗读给她听,任从她的评判,妻子总会认真品味之后加以评点,这更激励我把事业做好、把自己的兴趣坚持下来,为家庭带来更多的欢乐和幸福。妻子为了我们全家从事的教师事业承担起全部家务,为我和儿女们工作学习解除后顾之忧,我们也总是把工作学习中的成绩和问题第一个向她报喜和倾诉。

　　我的家庭是一个教师世家,自曾祖父起家族中已有近二十位从事教育工作。现在我的儿子儿媳、女儿女婿全在高校从事教育工作。良好的家庭传统和氛围熏陶着我们一代又一代,虽然在家里我们也会为鸡毛蒜皮的家庭琐事意见不一,也为家庭经济的窘困揪心犯愁,但温馨的书香氛围一直是家庭的主旋律。记得每次搬家都为了能带上一些发黄破旧的书籍而忍痛舍弃家具和衣物时,全家总是那样的坦然和满足。2004年,当我花费数千元装了整整一集装箱所能带来的书籍文稿行程千里运到南京时,妻子却把心爱的缝纫机等物品至今还寄存在原来的工作单位。

　　我们还在年轻刚刚建立家庭的时候,就定下了家庭的生活信条:"知足常乐,居安思危"。三十多年过去了,儿女也已长大成人、成家立业,正是这个信条指引我的家庭经受了这其中的风风雨雨,承受了这其中的坎坎坷坷,享受了这其中的欢欢乐乐,接受了这其中的丰丰硕硕。这也促成了我诗歌中的一个明显特点:心情喜悦的表露又渗透着谨慎的思考,心情低沉的倾诉又表现出豁达的宽慰;浪漫的思绪中留有现实的痕迹,婉约的哀怨中又显现欣喜的光亮;长风高歌时想到了返璞归真,疾风凄雨时感到了激昂奋进。我的家铸就了我的诗篇,铸就了我的诗魂。所以,每每我总要写一首咏梅花的篇章或联句,以表达我对妻子的爱、情、亲、真和慰。悦哉。

我于1964年9月入小学学习,我的小学、初中、高中各科老师均学识渊博、教学有方、尽职尽责。特别是在砀山中学时,我的高中语文老师,他毕业于北京大学中文系,国学功底深厚,中西方文史知识贯通,讲课深受学生喜爱,他的学生中从事文学工作和文字工作的人很多。我也深受教益,虽然高中毕业后就一直从事数学教育与研究工作,但总一直对文学和历史保持浓厚的兴趣,因此工作闲暇之时、生活甘苦之际、情怀感悟之隙,总喜欢以古诗词形式将偶然之感怀记录下来,收集成册。遗憾的是,在人生中年的一段时间里,由于工作生活的繁忙,其间虽有数篇,但疏于整理,再加上数次搬家遗失殆尽。惜哉。

我的一生献身于数学教育与研究事业。我的高中数学老师不仅治学严谨、数学功底深厚,而且精通国学、爱好广泛,还是一位出色的中学教育管理工作者,他是全国教育系统劳动模范。在我十六岁高中毕业刚刚担任中学数学教师时,他给了我很多的指点和启迪。我于1977年底通过高考,考入一所新成立的师范学院——淮北煤炭师范学院,学校教师大都来自于北大、南大等著名高等学府,老师们把这些学校的传统带了进来并相互交融,形成了淮北煤师院"学高为师,身正是范,以人为本,红专并进"的优良校风,也使学校很快在全国师范类高校中崭露头角。学校教育文理兼容,中西贯通,多科并举,使我们这些莘莘学子受益终身。

我的大学数学导师们,他们在数学的教学中通常会融进文学、历史、哲学、艺术等方面的知识,使我大受裨益。首都师范大学的导师是一位技艺很高的国画家;陕西师范大学的导师是学校校长,他多才多艺,擅长写作,著作等身;哈尔滨工业大学的博士导师是一位终身教授,不仅在20多岁就成为国内外著名的数学专家,而且他孜孜以学,善于积累,广招学子,积极传播数学文化。从他们身上我学到了对人生的追求、对事业的倾注、对生活的热爱、对社会的奉献和对自我的洒脱。无形中这些都对形成我的诗词的特点起到了重要的作用。

数学的严谨、简洁、抽象锤炼了我一生的工作、学习、生活,成为我生命中不可缺少的重要部分,融进了我的诗作之中。代数的抽象与灵活,几何拓扑的直观与深邃,分析的细致与严密,算法的简洁与精巧等等,不仅使我在数学教学与研究工作中大显身手,更使我的诗作立足高远、思路开阔、胸襟纳海、眼界越天;使诗作既潇洒大脱、浪漫多情,又吟吟低唱、细致入微。数学的功力还使我渐渐远离了现代诗作,逐步进入到格律诗词的境地。诗词的炼字、用韵、平仄、粘对、对仗,都要求高度的严谨细致和抽象概括等逻辑思维能力。诗词的赋比兴,无论是感人、感事、感物、感时,还是怀古、抒情,都要有高度的想象、联想、发散、形象的直觉思维能力。这也表明诗与数学在这两种思维能力尽情展现和有机统一方面是一致的、相通的、互助的。快哉。

我的这一业余习惯还得益于我的同学、朋友、同事和领导。与他们的交往、共事和工作使我学到了知识、读懂了人生、建立了友情。我的许许多多希望、追求和收获都是在他们的支持和帮助下实现的;我的许许多多的忧和乐、情与缘、爱与憎都是与他们一起去领略和共赏的。

"文化大革命"的最后几年,我在砀山中学读中学和任数学教师,总忘不了校革委会主任用他工农干部的姿态带领我们学习、劳动、作诗、诵咏;忘不了副主任的严谨诙谐、妙语连珠;忘不了我的语文老师的幽默打趣、引典作乐;忘不了我的化学老师(也是我的引路人)的多彩与执著;忘不了我的数学老师的直率和纯真。忘不了我和他们一起到地头、车间、矿山以诗歌的形式推广最优化方法;忘不了我为宣传教育与工农实践相结合进行开门办学而编写的诗歌剧(已遗失);忘不了每当一期新的墙报上整版刊出我的一篇诗作所带来的众人翘首和自己内心的喜悦;更忘不了1976年那个不同寻常的春天,我们偷偷写了诗篇,偷偷诵咏又偷偷烧掉的情景,忘不了1976年那个欢天喜地的十月我们抒发激情放声高歌又相互勉励的场面。那时的诗作是稚嫩的,但是纯真的。

恢复高考的第一年,我和几百万青年一样,带着青春豪迈的激情、民族复兴的梦想、国家强盛的追求走进高考的考场,站出来让祖国挑选。如愿考入淮北煤炭师范学院数学专业,四年后又留校成为一名大学教师,在担任数学教学和研究工作的同时,又先后担任系团支部书记、教研室主任、数学系副主任、数学系主任、教务处长和院长助理。自己也从本科一直在职学习到获得博士学历和学位,职称从助教一直到晋升(并被聘)为教授。二十五年的青春年华、心血智慧,奉献给了淮北煤师院这片火热而灵秀的沃土。这儿也成为我人生的第二个故乡,我在这儿成家立业,在这儿生儿育女,我的人生在这儿起步,在这儿升腾,在这儿辉煌。这儿的一草一木饱含着我的辛勤培育,蕴藏着我的深厚情谊。是这儿的亲朋、好友、领导和学校的事业成就了我的人生。学校老书记与青年教师的促膝谈心,书记的掷地有声,院长的雄才大略,几位后继院长、书记的机智精巧、睿智灵活、坦诚执著、细致谨慎、豁达善辩,都给我很大的教益和诱导。我的同事和朋友有的谨慎认真,有的豁达城府,有的聪明机敏,有的快人快语,有的开朗大度,有的处事周道,有的英俊洒脱,有的功力深厚,有的聪颖俊才,有的直率能干,他们都给我的工作带来很大的支持和启发。他们快语谨行、踌躇满志、谨言慎行、干练洒脱、聪明睿智,与他们的长期相处耳濡目染,特别是与一批老三届的学长们的谈经论道、说古叙今、品书鉴画、咏诗作对更促成了我诗歌中流露出的迂执而又典雅、拘泥而又多彩、论一而又旁他、说今而又道古的中国迂儒知识分子的气息。

  不惑之年后,我举家随孔雀东南飞,来到南京邮电大学落户安家。使我打开了另一个全新的世界,好似从一个闭塞的深山来到了光怪陆离的都市,一切的全新、一切的未知、一切的紧张、一切的快速,使原来的生活恍如隔世,人生又站在了一个十字路口。庆幸的是十几年来学校书记的伯乐精神和知人善任,校长的知遇信任和豁达委任,又为我搭建了一个新的人生平台,提供了更为宽松和谐的氛围,使我的心情空前舒畅、诗意更加磅礴。在通达学院、后勤管理处、资产与实验室建设管理处、图书馆、理学院,在南邮、在南京,及至在全国,交了一大批朋友,他们是我工作的积极支持者,更是我每一篇诗词新作的吟咏者。我的研究生也是我诗词的"吹捧者",正是他们的不断鼓励和支持才使得我诗情话意接踵而至,工作之余笔耕不辍。聊聊数载汇集几百首,结集成册,取乐其间,与友共勉。

  此次结集主要选取近年来以感时、感物、感事、感人、游记、怀古、抒怀等为内容的五言七言绝句、律诗、古风、古体、长律、歌行、词和联句以及其他体裁形式的诗歌。在内容上力争挣脱世俗绑架、远离物欲横流。既传承和弘扬中华传统诗词文化,又展现和颂扬祖国现代社会风貌。既讴歌盛世诗情豪迈,又鞭笞腐朽笔调辛辣。既颂山赞水格调清新自然,又吟风弄月意境淡静高远。浪漫时感情奔放、音韵铿锵,叙事中风味敦厚、语言朴实。感悟之中心灵触动,哀伤之时沉郁顿挫。咏史怀古真情实感、穿越时空、寄托深远,写情抒怀淡远恬静、明快奔放、意味悠长。

当然,诗词写作不仅要在叙事、状物、比兴、言情等方面力求诗情气派、境界高远,而且还要在格式选择、炼字遣词、平仄安排、用韵对仗等诗词格律方面功力深厚,并运用娴熟。同时更要能刻苦磨炼、博采百家、自成一体,在诗品上力争达到雄浑而又素淡、沉着而又劲健、高古而又典雅、自然而又绮丽、含蓄而又平实、豪放而又飘逸、缜密而又疏野、清奇而又委曲、旷达而又流动等等。这些对于我一个业余诗词爱好者来说根本无法完全做到。再加之皆为偶然而得、即兴之作,只不过是窃用绝律古体曲调之名而已。人云:诗之为物,或为天下奇物,或为世间俗物。诗人如同一个荒原上的探宝者、披沙拣金的苦役。到手的东西到底是沙是金、是奇是俗已不重要,重要的是值得回味和永记的艰辛劳作和历练过程。结集付梓不过是对这个过程的再现和展示,以图对艰辛劳作和历练的倾诉。或许这个过程就是一种指数很高的幸福感。是金是沙、是璋是瓦敬请读者不吝赐教,并请专家改削、斧正吧。

二〇一七年五月于金陵文石斋

目录

偶成诗集一（卷一～卷九）

感　时

七绝·江南春夜/1
七律·春日有感/1
江南春行三首/2
五绝·江南早春/2
七绝·颂春/3
五绝·孟春/3
七绝·春江二首/3
七律·清明二首/4
七绝·暮春/4
七律·忆早春/4
七绝·春意/5
七绝·春夜/5
七绝·清明有感/5
七绝·暮春欲雨/5
七绝·暮春/5
七绝·清明/6
七绝·春游/6
七绝·三月春/6
七律·春日/6
七绝·江南春/7
七绝·寒夜惊雷二首/7
初春二首/7
七绝·春回/8
七绝·江南春光/8
七律·三月春/8
七律·清明有感/8
七律·春日/9
七绝·三月江南/9
七绝·春色/9
七律·春日早起/9
五一有感/10
五律·夏日/10
七绝·夏日山中遇雨/11
五绝·暑日/11
七律·夏日晚景/11
七绝·黄梅/11
七绝·夏日情怀/11
捣练子·夏/12
南乡子·秋/12
沁园春·金秋/12
五律·秋意/13
秋日偶成/14
七律·秋景/14
七绝·江秋二首/14
七绝·深秋/14
七律·秋日随感/15
七律·秋日遐想/15
七律·秋日/15

秋冬必备色/15
七绝·无题/16
七绝·秋/16
七绝·秋分有感/16

忆江南·秋天好三首/16
浪淘沙·秋/17
七绝·冬/18

感　物

七绝·秋菊/18
七律·赞菊/18
七绝·咏菊/19
七绝·桃花/19
七绝·荷花/19
七律·骤雨打荷/19
七律·夏莲/19
五律·咏梅花/20
七绝·咏梅二首/20
七绝·望雪赏梅/20
五绝·咏梅/21
五绝·墨梅/21
七绝·咏梅/21
咏梅/21
七绝·咏榴花二首/21
鹧鸪天·咏石榴/22
咏竹/22
七律·咏白海棠/22
七绝·咏海棠二首/23
松/23
五律·格桑花/24
七绝·春韭/24
七绝·咏菜花/24
七绝·咏柳/24

七律·野花二首/25
七绝·针二首/25
七律·长江/26
水调歌头·长江/26
七律·金陵秦淮/27
七绝·咏黄山/27
七绝·山水图/27
满江红·秋语/27
仙鹤/29
论诗/29
七绝·玉/29
蟹/30
七律·望月/30
七律·棋/30
七绝·咏南京/30
伏羲文化/31
七绝·望楼兴叹/31
江雪二首/31
七绝·雪景/32
五律·春日风筝/32
七律·大写意/32
七律·阿房宫/32
七绝·都市燕语/33
七绝·蛙/33

五律·江吟/33
咏蝉/33
江鱼/34
苍波荡日/34
七律·咏日/34
五绝·江天/34
微山湖/35
南岳/35
五绝·瀑/35
五绝·荷塘月夜/35
天目湖贵宾会馆留诗/35

七绝·涧溪/36
七绝·秋云有感/36
七绝·秋水/36
秋日/36
扇子五首/37
七绝·秋雁/37
七绝·秋日登高远望有感/38
七绝·秋日/38
七绝·题画二首/38
七绝·月下思/38

感　事

庆元旦/39
贺《毛选》五卷出版/39
祖国新貌/39
数学科学力无穷三首/40
教与学/40
品质决定人生/41
难易赋四首/41
仙林大学城有感/42
闻有人欲重走唐僧取经路有感/42
七律·庆祝南京邮电大学建校60周年暨更名成功/42
研究生教育有感/43
七绝·四载犹在须臾行/44
七绝·青春意气对华发/44
七律·贺青藏铁路全线通车/44
七绝·南邮眼镜湖夏日即景/45

七绝·离别数理学院有感/45
七律·乘飞机遨游神州/45
七绝·乘飞机有感/45
五绝·乘机到成都/45
七律·在南京至成都的飞机上有感/46
七绝·视野胸襟思路宽/46
七律·琼浆玉液香醇酣/46
和谐视野下的大学文化/47
论诗作/47
七律·步毛泽东长征诗原韵/47
七律·读书/48
贺中国共产党第十七次代表大会/48
七律·通识教育赞/48
七绝·书院/48
七绝·大学精神/49

选秀/49
七律·糊涂人/49
七绝·贺首次月球探测嫦娥一号工程成功/49
七绝·贺人大政协两会/50
七绝·学校领导与部门负责人共话未来/50
七绝·春雨春风春意浓/50
参加研讨会有感/50
烟雨江南二首/51
念奴娇·赞改革开放三十年/51
五律·震寰宇/52
翔/52
抗震救灾/53
五绝·端午节/53
贺陈江会谈/53
春游/53
七绝·话别/54
徐州伏羊二首/54
为2008年北京奥运会而作/54
移动尽风流/55
南邮仙林教室随感/55
七律·为《光明日报》《百城赋》而作/55
七绝·秋日诗思/55
七绝·秋日山游/55
七绝·江边有感/56
华夏行/56
乐不堪忧/62
高枝栖凤/62

万象和谐/62
香池沁群芳/62
秋收更关情/63
有感中国屡在金色大厅演出/63
七绝·喜庆中华人民共和国成立六十周年/63
海宽心胸/63
七绝·张继《枫桥夜泊》问/64
养目逸肢/64
无私自口碑/64
读书境界/64
七绝·花开园中处处香三首/65
五绝·江亭垂钓图/65
七绝·书缘/65
月宫绘婵娟/66
模糊数学/66
七绝·现代城市鸟巢有感三首/66
落实观有感/67
颈椎病复发痊愈而作/67
读书十二法/68
词源/68
为理学院2011届毕业生寄语二首/68
七律·祝贺中国共产党90华诞/69
初春雨连绵致使鸿雁名居书屋漏水心烦意乱而作/69
风之秋/69
七律·参加通达学院迁址扬州及开学典礼/69
为大学同班同学毕业三十周年聚会而作/70

七律·山行/70
七绝·2014年元旦邮件贺
　　新年/70
五绝·参加民盟江苏省委十一届
　　三次会议有感/70

感　人

端午祭悼屈原/71
端阳又祭/71
七律·观《乾隆王朝》叹和绅/71
七绝·无题/71
七律·赞杨万里学诗/72
七律·赞欧阳修/72
五律·叹王安石/72
赞苏轼/72
七绝·淮阴侯/73
稷契/73
七律·赞李政道绘画艺术/73
七律·吴起大将军/73
七律·管仲/74
七绝·赞臧克家/74
七律·咏杜牧/75
七律·咏李商隐/75
七律·赞王安石罢相/75
七律·叹荆轲刺秦王/75
哭玉山仙逝/76
五律·赞张子房/76
七绝·叹唐明皇与杨贵妃/76
司马迁外孙杨珲报会
　宗书/76
读杜牧诗有感三首/77
七律·赞萧何/77
徐达/78
叹贾谊/78
赞陈毅拜访马一浮请其出山为
　国/78
鸱夷子皮赞三首/79
七绝·空城计叹司马二首/79

游　记

游宝华山偶成/80
镇江偶成/80
游镇江南山风景区四首/80
九寨黄龙/82
五绝·游黄龙/82
七律·游都江堰拜水/82
青城山二首/82
七律·武侯祠/83
七律·从成都回南京/83
念奴娇·游黄龙九寨有感/83
清平乐·重阳登仙林鼎山/84
秋日游溧阳南山天目湖五首/85

天目湖望湖岭山庄/86
中岳嵩山登封/86
游香泉湖/86
七绝·游宜兴善卷洞/87
七律·赴日本考察旅游/87
七律·游日本东京皇居和国会议
　　事堂有感/87
游日本京都平安神宫/87
游日本京都金阁寺/88
游日本大阪城古城/88
游日本奈良国家公园/88
重游溧阳天目湖南山竹海二
　　首/89
五律·游记南邮眼镜湖/89
五绝·又游南邮眼镜湖/89
武陵源/90
五绝·游天目湖遇雨/90
七绝·春日游江/90
南京风景二首/90
五绝·嘉兴西塘古镇/91
嘉兴南湖四首/91
七绝·湖州南浔名镇/92
七绝·嘉兴南湖值雨/92
五绝·又游天目湖二首/92
再游天目湖南山竹海三首/93
五绝·游临安八百里彭祖遗
　　迹/94
游浙西大龙湾/94
游武夷山一组/94
游南京八卦洲二首/95
五绝·游泰州有感/95

五绝·游姜堰溱湖国家湿地公
　　园/96
七绝·冬日又游天目湖南山竹
　　海/96
五律·雨后山行/96
游重庆/96
七绝·游丰都鬼城有感/96
七绝·长江观光/97
五绝·游张飞庙/97
五律·游白帝瞿塘/97
游小三峡小小三峡/97
七绝·游巫峡神女峰/97
七绝·游西陵峡/98
七绝·夜泊巴东九畹溪遇雨/98
五绝·游秭归九畹溪/98
七绝·游神农架/98
游三峡大坝/98
七绝·游武当山观日食/99
七绝·游武汉黄鹤楼/99
五绝·游呼伦贝尔大草原/99
七绝·游金汗帐/99
七绝·游呼伦湖二首/99
游满洲里国门/100
游黑河瑷晖陈列馆/100
五绝·游黑河五大连池石海滩/100
五绝·游黑河五大连池大黑山火
　　山口/100
参观黑河学院有感/101
游吉林松花湖/101
七绝·游长白山天池/101

游大连旅顺口电岩炮台与老虎尾军港/101
七绝·采石矶/101
常州三首/102
常州和合轩留青竹刻/102
五律·游洞口/103
洞口半山水库/103
长相思·灵渠游/103
七律·登岳阳楼/103
五绝·游南京总统府、太平天国天王府暨清两江总督署/104
七律·重游大别山/104
五绝·游大别山天堂寨天屏峰二首/104
参观刘邓大军千里挺进大别山纪念馆/104
七绝·又游晋祠/105
七绝·游南京小桃园二首/105
游扬州大明寺有感鉴真东渡/105
游扬州茱萸湾/105
五绝·扬州印象三首/106
七绝·扬州瘦西湖/106
五绝·参观小岗村大包干和现代新农村建设/106
七绝·参观小岗村沈浩同志先进事迹陈列馆/107
五律·游凤阳小岗村和明皇陵有感/107

怀 古

七绝·镇江怀古/107
七绝·武夷书院怀朱子/107
奉化溪口千丈崖兼记张学良幽禁处/108
奉化溪口雪窦山妙高台有感/108
七律·观《乾隆王朝》叹一代帝王将相/108
观《乾隆王朝》又感/108
看三国叹汉灵帝/109
看三国赞黄巾起义/109
看三国叹军阀混战诸侯割据生灵涂炭/109
游四川读巴蜀历史有感三首/110
七绝·吊霸王祠二首/110
读范文正公《岳阳楼记》有感/111
七绝·游绍兴鲁迅故居/111
七绝·游清凉山武侯别苑有感/111
镇江怀古/112
读《五代史伶官传序》有感/112
读《六国论》/112
读《红楼梦》有感/112

抒　怀

一九七八年七月二十日日记摘抄/113
一九七八年七月二十一日日记摘抄/113
一九七八年九月五日日记摘抄/113
儿属中华万万人/113
七绝·春夜月明花暗香/114
七律·不悔三首/114
香傲苦寒/115
读《礼记·学记》有感/115
七律·和桑竹子无题/115
无题二首/116
五绝·无题/116
五律·无题/116
无题/117
五律·无题/117
五律·自嘲/117
七律·偶感/118
七律·偶感/118
七律·步刘禹锡酬乐天原韵/118
七律·遥寄郜/119
无题/119
七绝·和杜牧赠渔父/119
七绝·书斋自乐/119
七绝·无题/119
五绝·无题/120
七绝·无题二首/120
七律·自嘲/120

无题/121
七绝·自慰/121
无题二首/121
七绝·偶成/121
七绝·无题/122
气之歌/122
七绝·无题/122
七绝·无题/122
五绝·遥寄淮北煤师院诸友/122
无题/123
七律·自慰/123
七律·不惑十年/123
七绝·江岸抒怀/123
仕而当读书/124
砀城偶成/124
戊子年短信拜年贺词/124
书痴/124
无题/124
读老子人格思想/125
七绝·无题/125
残缺美/125
自明/125
无题/125
无题/126
无题/126
无题/126
无题/126
七律·归隐/126
无题/127

乘机由桂至宁示儿/127
潜行/127
无题/127
无题/128
七绝·无题/128
七绝·无题二首/128
七绝·无题二首/128
无题/129
感怀五首/129
七绝·居高教新村家中眺望抒怀/130
五绝·无题/130

七绝·相思/130
无题/130
无题/131
七绝·自慰/131
七绝·无题/131
无题/131
无题/132
七绝·感怀/132
自趣/132
七绝·无题/132
七绝·无题/132

其 他

血染的义旗/133

联句八十二首/136

偶成诗集二（卷十～卷十三）

偶成诗集卷十

五绝·早春/142
2014年甲午春节拜年短信/142
联句/142
七言长律·沈括/143
联句二首/143
自慰/143
春夜喜雨二首/144
为张良圯桥遇黄石公而作/144
无题/144

玄武湖/145
联句三首/145
参观云岭新四军军部旧址/145
查济印象/145
查济游/145
桃花潭/146
游桃花潭有感/146
读习近平《之江新语》有感四首/146

联句三首/147
再游寒山寺二首/147
初到太湖/148
苏州美/148
联句一首/148
夜宿太湖东山陆巷古村/148
太湖东山游/148
赠舒贵生啸风先生/149
初夏舒怀/149
联句三首/149
虞美人/149
夫差与勾践/150
和朱凤羽老师2014年梨花节咏怀三首/150
无题/151
放言/151
利川腾龙洞/151
恩施女儿会/151
恩施大峡谷/152
恩施印象/152

偶成诗集卷十一

坐高铁自宁至京/152
重游北京求学故地有感/153
乘G35高铁/153
忆春/153
第三次重游成都武侯祠和杜甫草堂/153
游南京长江湿地生态园/154
联句一首/154
游三亚亚龙湾森林公园/154
游三亚蜈支洲岛/154
天涯海角游/155
游三亚南山大小洞天/155
游三亚南山寺/155
游苏州灵岩山寺赞印光大师/155
早春即景/155
联句二首/156
早春有感/156
2015年春节贺年短信/156
春思/156
春日即兴/157
春意/157
南邮春色三首/157
无题/158
梨花/158
参观三界军事训练基地/158
晚春/158
挽著名诗人汪国真/158
恋春/159
一路南下的冰雹/159
联句/159
参观林散之纪念馆/159
夏日随想/160
读史有感/160
云龙入海图/160
贺利华高足李飞群油画展/160
夏莲/161

联句/161
采莲曲/161
夏至即景/161
暑中遇台风"灿鸿"/161
江城梅雨(新韵)/162
金陵晚望/162
赞夏日木槿/162

咏兰三首/162
上善若水/163
夏日偶成/163
无题/163
联句/164
喜获驾照/164
贺恩师吴从炘先生八十大寿/165

偶成诗集卷十二

赞菊/165
秋叶/165
秋韵/166
白露思/166
施一公现象/166
古风一首/166
秋诗/167
归雁/167
中秋节祝福/167
秋雨/167
联句/168
赞毛泽东/168
为雨花斋写照/168
贺屠呦呦获诺奖/168
高校学术争斗有感/168
秋风/168
诗经新编 大学排名/169
霜降又游南京栖霞山/169
狼山广教寺/169
一花一世界一诗一情怀/169
北京八里庄小学怀旧/170

点赞书画风景线"拈一朵雪花暖心"/170
联句/170
梅雪迎春/170
联句/171
冬花赞/171
联句/171
雪梅/171
元旦赏家花/171
元旦抢红包/172
小寒咏竹梅/172
中台禅寺/172
日月潭/172
南投鹿谷溪头/172
国父纪念馆拜谒革命先驱孙中山/173
一零一大厦/173
台北"故宫博物院"/173
鹿港古镇/173
台南赤崁楼/174
台南明延平王祠/174

高雄佛光山/174
打狗英国领事馆/174
台湾垦丁/174
台东三仙景区/175
大鲁阁布洛湾大峡谷/175
台湾花莲太平洋七星潭景区/175
野柳地质公园/175
金陵台城遇雪/175
2016年春节贺辞/176
山不争高入云来/176
绝配天籁之音《卷珠帘》/176
早梅/176
无题/176
南京梅花山怀古/177
雨水时节赏梅有感/177
上元节喜雨/177
春日遐思/177
莫言的无奈/177
一壶风尘酒四首/178
惊蛰/178
金陵春游有感/179

春日如画/179
赞毛泽东主席诗词/179
赞周恩来总理/179
桃花咏二首/179
春日忆旧游/180
砀山/180
读四大名著有感/180
游宝华隆昌寺/181
春分/181
金陵又怀古/181
函数图像/181
春日偶成/182
吟春/182
春日金陵怀古/182
无题/182
谷雨有感/182
恋春/183
无题/183
自慰/183
乘高铁/183

偶成诗集卷十三

过雨后玄武湖观南京/184
雨中月季/184
留春/184
立夏/184
初夏即景/184
咏竹/185
乘南京至徐州高铁即景/185

徐州感怀/185
六一儿童节寄语/185
无题/186
相思/186
无题二首/186
急救小法/187
花月荷塘/187

夏日山景/187
无题/187
一天乐/188
南通/188
夏日/188
无题/188
叹汉成帝/188
沉痛悼念刘应明院士/189
题夏日雨后自拍照/189
咏荷/189
游岳麓书院/189
游长沙橘子洲/189
再游韶山拜伟人毛主席/190
咏韶山/190
咏长沙/190
夏夜/190
观微信传名胜匾额错字有感/191
上海组诗/191
无题/193
联句/193
咏菊/193
无题/193
秋色/193
余为自己的书斋撰联/194
给学子们撰上一联/194
咏残荷/194
秋情诗意入云端/194
中秋/194
咏月饼并贺天宫二号发射成功/195
中秋抒怀/195

有感老任盛海兄六十大寿以贺之/195
芭蕉夜雨/195
赞菊/195
访菊/196
秋月/196
秋日野花/196
秋日苑花/196
征雁/196
南京汤山景色一组/197
句容仑山湖/197
句容怡景湾/197
汤山安基湖/198
莫放春秋佳日过/198
送秋雁/198
红军长征胜利80周年纪念/198
时逢霜降秋雨十多日有感/199
秋颂/199
金陵秋日怀古/199
六十年一次的最大最明最亮月亮/199
观南京六朝古都全景航拍有感/199
国色/200
江南初冬秋雨/200
江南冬雨/200
赞天宫二号与神舟十一号对接成功/200
有悟四大名著/200
雪/201
无题/201
参观新四军江南指挥部旧址水

西村/201
静/201
联句/201
江南冬月/202
题美景/202
柬埔寨吴哥皇家公园/202
吴哥国王行宫/202
吴哥姐妹庙/202
吴哥巴肯山/203
大吴哥城/203
塔普伦寺/203
巴戎寺/203
吴哥窟（小吴哥寺）/204
早春/204
早春山林/204
早春咏柳/204
@幽幽Dxd/205
今年又游南邮梅花坡/205
无题/205
挚友老乡兴鹏精心安排重游苏州
太湖东西山/205
拙政园/206
游苏州虎丘山/206
留园/206
早春又游寒山寺/206
游浦东陆家嘴/207
上海外滩/207
同济大学/207
上元夜西湖/207
上元节晨登杭州六合古塔/208
上元节游杭州西山飞来峰灵
隐寺/208
雷峰塔/208
苏堤春晓/208
岳王庙/209
浙江大学/209
春日雨后游玄武湖/209
咏柳二首/209
咏柳/210
获学校"良师益友"称号/210
听雨/210
余亦献上早春一首/210
游玄武湖台城咏柳/211
"天地之心"之说/211
惊蛰听雷/213
南邮之春/213
咏旗袍/214
尚贤者，政之本也/214
仲春/214
咏桃花/215
油菜花/215
桃花雨/215
南邮桃花谷/215
春分/215
桃花二首/216
雨中海棠/216
新枝/216
为大学同学40周年聚会而作/216
江南春景/222
联句十三首/222
春/223
春之思/224

梨花夜/224
樱花/224
苏州树山/224
南邮之春·樱花/225
联句三首/225
南邮之春·二月兰/225
清明/225
联句六首/225
桦墅村游/226
南邮之春·清明之景/226
中国庭院园林/226
游敬亭山/226
宣酒/227

宣纸/227
春咏/227
中国历史咏/227
炎黄建国/227
禅让/228
谷雨暮春有感/228
2017研究生毕业有感/228
春游栖霞山/228
登临南京城墙怀古/228
春游牛首山/229
联句/229
青果/229
枫树春花/229

偶成诗集三

文石斋偶成咏史诗札记（春秋～南北朝）

三国分晋六首/230
桂陵之战田忌救赵之孙子/231
六国合纵之张仪/231
鸡鸣狗盗/231
白马非马/231
田单封君之乐毅/232
奇货可居/232
范雎罢相/232
郑国修渠/232
韩非使秦/232

荆轲刺秦之鞠武/233
嬴政之死之叹始皇/233
嬴政之死之李斯/233
嬴政之死之蒙括/233
赵高弑主之赵高/233
沛公斩蛇起义/234
霸王破釜沉舟/234
约法三章赞/234
鸿门宴/235
西楚霸王/235

韩信拜将/235
半壁江山之成皋大战/236
半壁江山赞韩信/237
文帝之治/237
景帝七国之乱叹晁错/238
汉武大帝刘彻/238
宣帝贤明中兴/239
细君公主赞/240
解忧冯嫽赞/240
汉成帝/240
赵飞燕/240
班婕妤/241
王莽/241
汉光武帝刘秀/241
班超归汉/242
外戚干政宦官专权与党锢之乱/243
张角起义汉室气衰/243
官渡之战/243
卧龙出世叹诸葛亮/248

赤壁之战之叹/249
周瑜赞/250
司马懿赞/250
三国归晋/250
西晋/251
闻鸡起舞之祖逖/252
王敦谋篡/252
桓温清谈/252
东山再起之谢安/252
淝水之战/253
东晋王导/257
魏主纳谏建东官/257
拓跋焘尊道毁佛/258
萧子良笃释范缜无佛/258
江左风流王俭/258
北魏孝文帝改革/258
荀济焚身/258
无愁天子齐后主/259
周高祖伐齐/259
陈后主淫逸误国/259

后记/261

偶成诗集一（卷一~卷九）

感 时

七绝·江南春夜

天低野旷树难尽，月近江清人未眠。①
又是春光心易醉，古今谁不梦江南？②

注：① 孟浩然《宿建德江》诗："移舟泊烟渚，日暮客愁新。野旷天低树，江清月近人。"这里用其意而引申，树望不尽头，人不能入睡。② 谁不梦江南：有谁能不忆和留恋江南美景之意，古今又有几人能凭记忆描绘出这江南的美景呢？只有亲临其境才能观赏和享受这里的美景。

2006.5.7 夜 皓月当空

七律·春日有感

莺歌燕舞闹春意，百卉千花斗艳菲。
彩带①空中连海漠，长龙②地下贯都陲。
和谐正气满华夏，荣辱规则树口碑。
尧舜禹汤已逊色，康乾贞观褪光辉。

注：① 彩带：指飞机、高速公路、信息网络等现代交通工具与手段。② 长龙：指输油、天然气管道和铁路，与上句一起概括现代化的美景。

2006.5.8 于南京

江南春行三首

其一

江南三月行,绿水荡轻风。
百柳斗妖翠,千桃闹冶红。①

注:①清朝诗人张问陶有《阳湖道中》诗:"风回五两月逢三,双桨平拖水蔚蓝。百分桃花千分柳,冶红妖翠画江南。"

其二

春云随我动,烟雾入蓬来。
翠色挡不住,和风把牖开。

其三

江河自岭年隔三,古砀金陵千里牵。
春韵江南绿岸早,何时送我把家还。

2006.5.20

五绝·江南早春

2007年2月6日立春第三天,江南气温达20摄氏度。余步于长江岸边,感春意融融,随成。

江绿知春早,柳青争鸟鸣。
风和寒料峭,日丽草微生。

2007.2.6晚

七绝 · 颂春

时值全国人大、政协会议召开,祖国处处春光无限,余有感而发。

江南春色赞千年,墨客文人竞放言。
今日我将春意颂,四时处处胜江南。

2007.3.5 晚于南京

五绝 · 孟春

万柳无寒意,一江独绿流。
千山春占早,两岸正青稠。

2007.3.6 晚

七绝 · 春江二首

其一

春江东去意悠悠,千载光阴付碧流。
词赋不穷文脉灿,画图难绘物华优。

其二

英雄杰俊嗟豪迈,逝水春江逐浪流。
多少辉煌成注事,更将壮志写春秋。

2007.4.9

七律·清明二首

其一

带泪桃花凝素馨,寒食诗句意沉沉。
烟波渺渺迷归路,雨巷深深引旅心。
三炷香烛行孝道,一壶酒水献先人。
夕阳西下风何注,相伴天涯皆是春。

其二

梨花如雪海棠红,杨柳细丝云雾蒙。
经雨郊原初草绿,禁烟巷陌正春浓。
山溪野泾溶溶月,江水岸边淡淡风。
浊酒一杯当醉卧,醒来行乐再踏青。

2007.4.5

七绝·暮春

草长莺飞三月天,山明水秀韵江南。
最为杏舞桃梨笑,杨柳不寒生雨烟。

2007.4.15 晚于仙林

七律·忆早春

一上高层坦荡怀,东风和气满楼台。
梅残玉馥香犹在,柳破金梢眼未抬。
夜雨北桃红蕊露,日光南水绿波开。
樯帆点点云烟过,莺燕声声春韵来。

2007.6.13 晚

七绝·春意

杨柳招人似有媒,芬芳蝶舞两无猜。
因何得与春风约,喜共凌云一并来。

2008.3.11 晚于仙林

七绝·春夜

滴滴夜漏沉沉缓,阵阵管歌细细绵。
晃晃月光悠荡荡,薄薄春色意寒寒。

2008.4.5 夜

七绝·清明有感

阳春三月吐芳华,北国南疆遍地花。
和煦东风当用力,千红万紫布天涯。

2008.4.5 夜

七绝·暮春欲雨

春雨欲成还未成,西南天缺水难平。
繁花雷震忙争艳,杨柳风吹百媚生。

2008.4.15

七绝·暮春

柳棉如雪舞纷纷,苦楝吐芳更惹人。
万紫千红争艳后,报答春色待秋分。

2008.5.2

七绝·清明

千年诗意误清明,凄婉柔愁烟雨蒙。
我赞清明诗画好,怡红快绿染晴空。

2009.4.4

七绝·春游

终日忙忙事不休,忽闻春尽强出游。
登山涉水话闲语,消去浮生几多愁。

2009.4.11

七绝·三月春

又是年初三月中,莺啼燕舞逗春风。
笼烟柔水寒催暖,柳媚桃娇绿映红。

2010.3.27 于南京新世纪大酒店

七律·春日

一花唤醒百花开,万紫千红扑面来。
阵阵和风吹暖树,微微细雨动惊雷。
莺歌渐欲侵甜梦,烟舞漫撩迷翠台。
景色惹人宜放眼,怡然物态满情怀。

2011.3.15 于南京

七绝·江南春

红花绿叶寻常见,鸟语水流今又闻。
烟雨濛濛迷醉眼,江南处处正逢春。

2010.3.5 于南京

七绝·寒夜惊雷二首

其一

寒夜惊雷雨正浓,诗情随梦向春风。
江山万里催人奋,虎跃龙腾展大鹏。

其二

初电新雷最显声,报知寒尽又春生。
物华无语安排就,万紫千红皆有情。

2010.2.9 夜闻春雷第一声又遇雨

初春二首

其一 五津

冬去渐回暖,春来羞怯寒。
无风花自舞,有雨气生烟。
水绿鸭嬉戏,柳青鹂畅言。
谁知春意在,芳色换人间。

2010.2.25 晨

其二　七绝

残雪疏篱衬冰融,夕阳穿树补花红。
远山浅绛近着绿,闲院老梅新韵风。

2010.3.6

七绝·春回

燕舞莺歌嬉更闹,天清气爽又春回。
天公邀我下凡界,共乐同欢遍翠微。

2011.3.15 于南京

七绝·江南春光

又是江南三月天,湖光山色惹人酣。
斜桥红袖随风舞,绿水蓬船伴雨眠。

2011.3.20

七律·三月春

又到江南三月天,山明水秀柳成烟。
竹间舒雨已声脆,帘外淡云亦画难。
春燕花媒情愈切,鸿鹄风助志弥坚。
因之我欲乐乘兴,心旷身轻胜少年。

2011.3.24 夜于南京

七律·清明有感

桃梨风起是清明,嫩柳舒黄惹燕莺。
大野花荣也有意,晴空雁过尚留声。
荒丘将相没蒿草,翠竹英雄炳汗青。
沧海桑田当正道,恃天老杏已生情。

2011.4.5. 清明于南京

七律·春日

绿水潋波舒曼涌,绵烟碧草点方萌。
柳间春意鸣鹏鸟,江岸闲情醉老翁。
一日六根刚有静,须臾五味化无形。
云消雾散及天际,悦耳弦歌响九重。

2012.2.28 于南京

七绝·三月江南

三月烟花嫩柳旁,追来赶去蝶飞忙。
优雅水墨江南景,缕缕温情诗意芳。

2012.3.27 于南京

七绝·春色

一枝红杏出高墙,墙内未香墙外香。
深院不知春意到,东风唤醒满庭芳。

2012.4.17

七律·春日早起

破晓起身出院庭,群芳含露暗香凝。
花间猫窥蝶蜂舞,柳下犬听莺燕鸣。
天外卷舒云有意,门前洒落雨无声。
飞桥流水闻春醉,物态山光伴我情。

2012.5.10 于南京

五一有感

五一黄金周，万民竞出游。
红色受教育，传统记心头。
乡村情切切，生态意悠悠。
山高踏皓雪，水深荡轻舟。
沙漠驱车跑，草原信马游。
老刹寻幽寺，新城觅网友。
名胜盛名副，古迹千古留。
质朴民风正，纯真习俗优。
美景昭日月，精彩织锦绣。
举足遍华夏，放眼看宇宙。
青龙驰四海，银鹰翔五洲。
早行新马泰，晚至澳美欧。
和谐传天下，文明播环球。
畅漾人心顺，盎然春意流。

2006年"五一"长假于南京

五津·夏日

紫瑞霎时生，熟梅爱偶晴。
风高腾虎气，云翳现龙形。①
红日悬江上，白杨送雨声。
万山屏障矮，阔野架长虹。

注：① 这句是用《易经·乾卦》的"云从龙，风从虎"之说。

2006.6.11

七绝·夏日山中遇雨

云浓雾重蔽苍穹,山色楼台无有中。
水落石出鱼不见,林深径隐鸟和鸣。

2006.6.27

五绝·暑日

云高天湛蓝,午日烈炎炎。
树静蝉尤叫,风清人正酣。

2006.7.13

七律·夏日晚景

夕阳一带美如图,云影天光幻有无。
半片霞红涂晚暮,万柄荷立赛西湖。
鸥翔鹭跃岸皋地,犬吠鸡鸣江渚屋。
夏日晚风清爽意,诗人陶醉尽消暑。

2007.8.4

七绝·黄梅

浮躁黄梅日日长,简眉轻动懒梳妆。
催云三寸雨湿润,摇扇一缕风送凉。

2008.7.7

七绝·夏日情怀

静卧凉荫绿柳边,僧心鹤羽悟禅缘。
闲情逸趣诗如水,胜似少年不羡仙。

2010.7.8 晚

捣练子·夏

溪水静，
山谷空。
阵阵蝉鸣阵阵风。
正是日长人欲梦，
谁不思念过帘栊。

2013.9.9

南乡子·秋

枫树赤，
秋色明，
斜阳山映漫江红。
云碧天高黄叶地，
无愁意。
鹰击长空鱼翔底。

2006.8.18

沁园春·金秋

一派金秋，
北国山翠，
南国水娇。
看碧波千尺，
鱼翔江底；
晴空万里，
雁击云霄。

铺野黄盈，

　　染山红溢，

　　烂漫霜天分外妖。

　　登高处，

　　望一轮明月，

　　辉映情缭。

　　黄花风动香飘，

　　误多少仁人愁苦熬。

　　叹南唐后主，

　　故园空望；

　　东坡居士，

　　玉宇寒消。

　　莫道西风，

　　醉花清照，

　　更怕秋凉瘦悴憔。

　　而我辈，

　　赞秋高气爽，

　　帝舜君尧。

2006年国庆中秋于南京

五津·秋意

秋气清怡爽，青天无片云。
宽江平阔岸，满月耀悬轮。
惟我能吟咏，何人可和音。
明朝秋意杳，缨叶落纷纷。

2006.10.10 凌晨 3 点

秋日偶成

——贺中国共产党十六届六中全会召开

极目神州地,和谐社会昌。
风清民意顺,气正国运昂。

2006.10.12

七律·秋景

秋景宜人在水乡,物华羁旅渺茫茫。
云霏山雾白烟绕,江落川平夜气凉。
枫叶霜酬呈醉意,芦花月映露清香。
晚风了悟得失念,堪向兴亡诉怨伤。

2008.7.30

七绝·江秋二首

其一

江天无际舸中流,远岫将消日未收。
自悯家愁为客惯,苍烟酒醒白沙鸥。

其二

寒山秋重客羁留,暮雨剑光霜气袭。
淮桂蓟金谁最贵,濯足喜在大江流。

2008.9.11 于桂林

七绝·深秋

一夜风来气象新,叶华落尽物纯真。
素秋云淡山飞近,不是春光胜似春。

2009.11.1 于淮安

七律·秋日随感

秋云不语气如醇,黄叶无风自落沦。
惆怅旧欢已入梦,觉来新志更凌云。
衰兰送客咸阳道,蓬荜迎宾建邺人。
天若有情天亦老,沧桑过后又一春。

2009.9.13 午于金陵

七律·秋日遐想

青山朝暮幻虚梦,江海汐潮波浪清。
问道十年知己少,辞官一日嘉朋生。
放心万事存坦荡,储卷千种铸鼎铭。
遥望白云常漫展,诗情随意到晴空。

2009.9.27

七律·秋日

秋日渚边坐小桥,独饮清唱意潇潇。
江山领略钓滩胜,俗病坦然词赋豪。
仕宦岂能永世做,诗文或许万年骄。
淋漓大句乾坤动,尚喜朴纯格调高。

2010.9.10 教师节

秋冬必备色

2010秋冬与2011年初始,时尚界展现秋冬服饰的六种主色调,有感。

冰蓝光影绿意浓,桃红艳荧黛永恒。
明黄亮色雀跳跃,紫调优雅韵味涌。

2011.1.15

七绝·无题

暴雨消暑成旧事,天高云淡正秋时。
波平树静未风止,寒气涌流尚不知。

2013.9.4

七绝·秋

秋晴旷野树黄黄,天静云高雁一行。
不是高速涌堵塞,信车悦目挂空档。

2013.9.17

七绝·秋分有感

夜来风雨热凉特,正是平分秋色时。
叶落云浮归雁晓,春回冬去自然知。

2013.9.23 写于秋分

忆江南·秋天好三首

其一

秋天好,
秋意意悠悠。
秋月圆圆圆离梦,
秋云淡淡淡乡愁。
秋雁报中秋。

其二

秋天好，

秋韵韵悠悠。

秋水明明明似镜，

秋风爽爽爽心愁。

秋叶染金秋。

其三

秋天好，

秋恋恋悠悠。

秋雨绵绵绵似玉，

秋霜皓皓皓如愁。

秋菊送晚秋。

2013.9.28 于扬州

浪淘沙·秋

雁叫向南天，

秋气昂然。

长风万里入云端。

无限江山丹尽染。

大美人间。

华夏五千年，

尧舜黄炎。

秦皇汉武续新篇。

宋祖唐宗今又是，

更胜康乾。

2013.10.9

七绝·冬

岁去山空留寂寞，生情出意剪云飞。
江深雪冷何为梦，锄月随心好种梅。

2007.12.17 晚

感 物

七绝·秋菊

我家秋色似陶家，醉卧篱边日渐斜。
不是诗人偏爱菊，此花开尽更无花。

2007.8.30

七律·赞菊

读《红楼梦》菊花诗有感，自古以来人们对菊之吟咏无所不至，红楼十二钗更是各显其能，借菊抒怀，也无外乎忆、种、供、画、簪、梦、访、对、咏、问、影、残之类，不脱悲愁孤傲、避世绝尘之胎。余今赋赞菊一首，亦抒情怀。

本共繁花一道栽，群芳败尽我独来。
盛夏坦然经雨过，仲秋豪迈带霜开。
邀出明月照寰宇，撒遍清香静雾霾。
休论孤标敢傲世，高风千载满情怀。

2007.9.22 中秋

七绝·咏菊

不输桃李三分媚,胜过清荷十倍嫣。
诗到傲霜花怒放,凌风含笑露天然。

2010.11.18

七绝·桃花

桃花开遍遍林红,耀眼繁华色艳浓。
含笑动人心意切,几多舞动五更风。

七绝·荷花

凌波仙子斗新妆,七窍虚心吐异香。
何似花神多薄幸,故将颜色恼人肠。

七律·骤雨打荷

碧盖阴浓绿水遮,海榴初艳露香娥。
互携老雏燕喃语,相和高低蝉唱歌。
骤雨猛打敲旧叶,珍珠乱撒逗新荷。
骚人巧遇莲池过,赏景湿衣乃若何。

2007.7.5 午后过南邮眼镜湖荷塘遇雨

七律·夏莲

倩影婷婷芳自容,幽香袅袅欲人通。
不惜翠加日红际,更爱波清月色中。
换取青房保晚景,拒敌白露傲寒风。
盛衰依旧心洁在,唤醒东风春又生。

2008.7.2 于南邮

五律·咏梅花

读《红楼梦》吟红梅花诗有感,步红韵亦赋一首咏梅花,赠予余一生之伴侣。

未等杏先红,冲寒傲雪中。
无风香脉脉,不雨意融融。
木本神仙骨,花为天界种。
最可人艳羡,浓淡任形容。

2007.9.23晨

七绝·咏梅二首

其一

生来秉性就为尊,待到花开更出群。
素裹红颜显贵韵,遍撒清气报芳春。

其二

不求叶茂枝繁盛,志在凌空傲骨存。
风雪严寒难击垮,独领百卉闹芳春。

2007.12.30

七绝·望雪赏梅

南京今日喜降瑞雪,余望雪赏梅,随感而发。

舍前舍后雪纷纷,望雪赏梅最喜人。
雪舞梅香情意重,胜于三月满园春。

2008.1.13晨

五绝·咏梅

篱边数俏梅,笑傲报春雷。
一夜东风后,幽香满院菲。

2008.3.22 晚作于溧阳天目湖静泊山庄

五绝·墨梅

洗砚池边树,花开浓淡痕。
休夸颜色好,清气满乾坤。

2008.7.30

七绝·咏梅

生来身贵花枝俏,茅舍竹篱自安心。
怒向冰霜融雪后,笑看万卉竞凡尘。

2009.3.28

咏梅

凝霜坚冰至,夏虫何自知。
凌空傲风雪,豪气看梅枝。

2013.1.10

七绝·咏榴花二首

其一

红霞烂漫绿云里,似火繁花五月中。
张骞西域为汉使,移来赤日种天宫。

其二

芳菲败尽我花开,不被雨风揉做骸。
仲夏时节独媚艳,荷菊逊色自迟来。

鹧鸪天·咏石榴

不羡百娇去闹春,丹青吟咏自惹人。
果实映兆多福贵,花瓣天然淑女裙。

五月艳,晚秋醇,甘甜美味诗贵宾。
口开微笑肝胆现,奉献颗颗赤子心。

2006.5.24晚
2006.5.30夜修改

咏竹

色纯心虚身正,根深叶茂长青。
梅兰松菊为友,品格亮节高风。

2007.9.1晨

七律·咏白海棠

读《红楼梦》咏白海棠限门盆魂痕昏诗有感,和诗一首,以明自身写照。

芳玉堂前春打门,东风捧出雪盈盆。
超越梨蕊三分白,胜过梅花一缕魂。
因喜高洁广交友,不为悲怨细揩痕。
借来春雨清尘世,哪问朝阳共日昏。

2007.9.2晚

七绝·咏海棠二首

其一

清淡媚娇姿韵浓,热烈寂静雪消融。
挂红满树蒙香雾,袅袅东风焕尊容。

其二

疏疏帘竹萧疏影,淡淡月光清淡风。
偏爱红妆烛夜照,更惜晨露湿娇容。

2009.4.2

松

山巅立青松,巍然插苍穹。
根石连一体,躯塔矗独峰。
今日皆道高,幼时谁知情。
初露荆棘欺,微枝蒿草凌。
身小聚风烈,体弱狂暴猛。
蹉跎千载过,坎坷百劫经。
擎天张翠盖,冲霄腾虬龙。
雷打啸声震,雨浇铁骨铮。
云绕愈挺拔,雾缭更峥嵘。
寰宇阴晴快,日月注来匆。
惟我精神在,长青万古咏。

2007.10.6 晚

五律·格桑花

在青藏高原的神山圣水间，遍野盛开着格桑花。格桑花五彩缤纷，四季怒放，耐寒斗雪，生命力极强。"格桑"藏语里是福缘和好时光之意，"格桑花"是多种花卉的泛称。游走在格桑花开放的地方，山风整衣，湖水做镜，心灵纯净而宽容，幸福而吉祥。余甚神往之。

红蓝紫白黄，珍贵又平常。
寒域耐风雪，高原沐日光。
神山祈福缘，圣水育吉祥。
四季通灵性，万古颂格桑。

2007.12.9

七绝·春韭

近日春韭上市，连日食用，余香在口。

不畏春寒不怕霜，分分寸寸韧缓长。
婷婷畦畦翠如水，引领物华最艳香。

2009.3.26

七绝·咏菜花

冰滋雪润炼根红，笑对春寒迎暖风。
撒遍金黄香万物，唤来百卉斗芳容。

2009.4.1 于三江学院

七绝·咏柳

远似绿烟近似纱，扶风曼舞映朝霞。
条如垂金叶染碧，姿媚胜于三月花。

2009.4.5

七律·野花二首

其一

香残蕊坠野荒洲,逐对团团已作逑。
凄雨飘零轻似命,粉泥缱卷烂成丘。
草愁木乐知灵性,头白华韶任舍留。
欲嫁东风春有怨,凭尔衰落忍淹流。

其二

曼舞翩翩草色匀,蜂团蝶阵乱纷纷。
几曾开谢逐流水,岂必紫红作媚身。
万朵千枝齐怒放,七零八落暂凄分。
韶华当惜青春日,凭借东风上碧云。

2012.3.26 于南京

七绝·针二首

其一

身细头尖白似银,测量不过半毫分。
眼睛长在屁股上,只认衣衫不认人。

其二

给个鸡毛当令箭,拿来棒槌就认针。
呆头呆脑糊涂蛋,活到八十难成人。

2006.7.3

七律·长江

圣水沱沱天上源,百川汇聚夔门关。
高峡湖阔神无恙,大坝流截泽万年。
九派三吴波浪下,白烟黄鹤彩云间。
磅礴气势入东海,华夏炎黄一脉传。

2006.7.13

水调歌头·长江

源自雪山巅,
归入太平洋。
横亘古今历代,
见世事沧桑。
汇聚百条溪涧,
荡涤千年淤塞,
气势更昂扬。
蜀楚江天阔,
吴越雨茫茫。

泽万代,
除天堑,
截大江。
平湖横出高峡,
神女接瞿塘。
铁路通连青藏,
彩虹接引南北,
南水调沽唐。
世界惊华夏,
承尧舜禹汤。

2006.8.2

七律·金陵秦淮

喜见秦淮日日新，石城风貌尚犹存。
两堤花柳偎依水，一路楼台亲到云。
踞虎腾空齐跃进，蟠龙入地赛行孙。
诗人感慨抚今昔，雀燕堂桥处处闻。

2007.4.15

七绝·咏黄山

山峰露怪石，峭壁种奇松。
云海喷红日，雾烟幻无穷。

2007.9.1

七绝·山水图

面壁闭门经岁月，户松已是老龙鳞。
春波又涨两三尺，野渡才迎四五人。

2007.9.1 晚

满江红·秋语

万户秋声，①
　有谁见，
　梧桐萧瑟。②
　更不见，
　纷纷枫叶，③
　白云愁色。④
自古多情薄性命，

从来仗义重操节。⑤
同携手,看烂漫江山,
　　残阳血。⑥
出海底,⑦
朝天阙。⑧
青天上,
览明月。⑨
架长风万里,⑩
永不言歇。
群雁高飞冲斗汉,⑪
丛菊怒放凌霜雪。⑫
诗鬓丝千丈不落花,⑬
无语说。⑭

注:① 秋声:唐李颀诗《望秦川》第三联为:"秋声万户竹,寒色五陵松。"唐苏颋《汾上惊秋》:"北风吹白云,万里渡河汾。心绪逢摇落,秋声不可闻。"唐丁仙芝《渡扬子江》第四联为:"更闻枫叶下,浙沥度秋声。"② 梧桐萧瑟:宋刘武子《立秋》:"乳鸦啼散画屏空,一枕新凉一扇风。睡起秋声无觅处,满阶梧叶月明中。"唐杜甫《新秋》第二联为:"几处园林萧瑟里,谁家砧杵寂寥中。"宋陆游《秋思》第三联为:"砧杵敲残深巷月,梧桐摇落故园秋。"唐李白《秋登宣城谢朓》第三联为:"人烟寒桔柚,秋色老梧桐。"张说《幽州夜饮》首联为:"凉风吹夜雨,萧瑟动寒林。"毛泽东有:"萧瑟秋风今又是,换了人间。"③ 纷纷枫叶:李白《夜泊牛渚山怀古》第四联为:"明朝挂帆去,枫叶落纷纷。"宋程颢《秋月》:"清溪流过碧山头,空水澄鲜一色秋。隔断红尘三十里,白云红叶两悠悠。"④ 白云愁色:李白《哭晁卿衡》:"日本晁卿辞帝都,征帆一片绕蓬壶。明月不归沉碧海,白云愁色满苍梧。"又见上面程颢诗句。⑤ 此联出自宋柳永词《雨霖铃》中:"多情自古伤别离,更哪堪,冷落清秋节。今宵酒醒何处?杨柳岸,晓风残月。"⑥ 此句出自毛泽东《渔家傲·反第一次大围剿》:"万木霜天红烂漫,天兵怒气冲霄汉。"《忆秦娥·娄山关》:"从头越,苍山如海,残阳如血。"唐季朴《中秋》第四联:"云楼拟约同携手,更待银河彻底清。"⑦ 此句出自李白《古风》:"明月出海底,一朝开光曜。"⑧ 此句出自岳飞《满江红》。⑨ 出自李白《宣州谢朓楼饯别校书叔云》:"俱怀逸兴壮思飞,欲上青天览明月。"及"长风万里送秋雁,对此可以酣高楼。"⑩ 同⑨。⑪ 此句出自毛泽东《忆秦娥·娄山关》:"西风烈,长空雁叫霜晨月。"又同⑥。⑫ 此句出自杜甫《秋兴》:"丛菊两开他日泪,孤舟一击故园心。"这里借丛菊之势傲凌霜雪。⑬⑭ 出自李白《秋浦歌》:"白发三千丈,离别是个长。不知明镜里,何处得秋霜。"唐岑参《寄左省杜拾遗》后两联:"白发愁花落,青云美鸟飞。圣朝无阙事,自觉谏书稀。"此处反其意而用之。

2007.10.4 晚

仙　鹤

仙乃鹤兮鹤乃仙，我爱仙鹤超凡间。
白玉为衣昭皓月，红珠作冠凝赤丹。
展翅高飞冲霄汉，舒姿曼舞绝宇寰。
心如冰洁远尘垢，志在碧空行日边。
长唳声声天上歌，小憩团团松林酣。
卓然而立异俗羡，独步若禅共雅欢。

2007.10.6

论　诗

修辞立其诚，言志又缘情。
吟句三冬暖，咏篇六月风。
一语惊天地，万代照汗青。
大以移风俗，小也悦心灵。
常思便无邪，久忆离平庸。
淡化紧张感，防止态失衡。
生活可潇洒，节奏更从容。
人间要好诗，我辈竞争功。

2007.10.16

七绝·玉

地化天行历万辛，雕琢磨就贵雅身。
音清韵洁无瑕色，见证人间贯古今。

2007.11.24 晚于南京

蟹

威风凛凛大螯擎,所向无敌豪气生。
纵然烹蒸全不怕,身红胆壮留美名。

2007.11.30 于仙林

七律·望月

月夜清辉布满天,遥思故旧酒醇甘。
岭光灭烛心愈静,觉露披衣意更寒。
海内知己同相望,天涯挚友共雅欢。
沾巾寝梦如儿女,醉眼朦胧人正酣。

2007.12.4 晚

七律·棋

枰盘横纵任驰骋,棋道巧将世道融。
进退攻守生死恋,兴衰成败喜悲情。
枪林弹雨胸中现,剑影刀光手上生。
博弈白黑幅尺内,沉浮宇宙万千兵。

2007.12.19

七绝·咏南京

吴天楚地汇杰灵,秀水青山绕古城。
六代帝都真旖旎,一江春绿更烟笼。

2008.1.7 晚

伏羲文化

三皇之首百王端，太昊包栖文化源。
八卦和谐辩证创，四时天象历法演。
罟网渔猎六畜养，嫁婚正姓万人传。
千族血脉归一统，悠悠华夏共祖先。

2008.1.8 晨

七绝·望楼兴叹

我望江滨起画楼，楼盘日日赶潮头。
潮中多少凄凄泪，流到楼空更涌流。

2008.1.8 晚

江雪二首

其一　五绝

天地正茫茫，纷飞锁大江。
冬寒春暖近，日短水流长。

2008.1.13 晨

其二

空水寂寥鸟断飞，苍茫曲岛系船归。
数丛沙草群星散，万顷江田一片白。

2008.1.15

七绝·雪景

凝霜披雪苍松翠，戴玉挂银垂柳娇。
天地茫茫仙境界，琼花撒落满灵霄。

2008.2.18

五律·春日风筝

江水绿朦胧，鹞鸢共舞风。
硬软双翅展，平直一绳升。
六岁稚孩趣，七旬老幼童。
情随丝线远，意上九霄重。

2008.3.17 晚

七律·大写意

酣畅淋漓写意浓，笔挟雷电墨情腾。
一山一水创心境，一鸟一花彰性灵。
重淡干枯智慧映，高低欹正隽醇生。
挥洒宣泄顷刻现，留予人间万世颤。

2008.4.9 夜

七律·阿房宫

三百离宫别驿馆，遮云蔽日跨群山。
恢弘迷势万千落，娇美华鬘四九年。
六国玉珠掷石砾，独夫骄固毁承传。
秦哀无暇后人鉴，焚火熊熊映眼前。

2008.4.14 晚

七绝·都市燕语

林立耸云楼闭窗,气蒸光怪意慌张。
营巢无处身疲惫,快去茅檐田里忙。

2008.4.17

七绝·蛙

生来圆润体晶莹,水泳陆长结伴行。
护绿专心任夏闹,最先鼓跃报年丰。

2008.5.10

五律·江吟

浩浩大江漫,何曾去又还。
今朝花似月,明日坟更寒。
鸡犬惊晨梦,秋风落紫冠。
粼粼昭赤壁,万世俊杰传。

2008.6.21 雨

咏蝉

为南邮第一次党代会召开而作

七月流火情正浓,沐风润露举家清。
居高声远一曲奏,万树欢歌共相鸣。

2008.7.9 晨

江鱼

长江二尺鲤，常伴凡鱼中。
但借风涛雨，点额便成龙。

2008.7.12 晨

苍波荡日

萋斐离离自为暗，贝锦闪闪成燦然。
群轻折轴沉黄海，众毛飞骨凌青天。
洪焰烁山发纤火，苍波荡日起涓涓。
贻愧皓首月出讥，注事日迁感悟晚。

2008.7.15

七律·咏日

破暗布曙催晓晨，朝晖灿灿遍乾坤。
旭日彤彤华正茂，昭光耿耿志凌云。
人生有限雄心在，宇宙无疆豪气存。
多彩夕阳天满韵，山河普照余晖纯。

2011.5.19 于南京

五绝·江天

地阔碧波近，天空绿旁远。
尘嚣抛九汉，俗事弃人间。

2008.7.27

微山湖

一曲唱响英雄湖,蒹葭叠翠胜壑谷。
哨响清脆百舸竞,犹似当年抗倭虎。

2008.7.27

南岳

鬼斧神工留古风,苍樟碧盖半山亭。
回俯脚下白云渺,仰触穹顶紫气迎。
日出霞倾金涌翠,月升雾缭玉祝融。
巨龙横亘势如飞,我假天柄独其雄。

2008.7.27

五绝·瀑

天仙织素练,脱轴坠青天。
飞落三千丈,倒悬清冷渊。

2008.7.30

五绝·荷塘月夜

月明无倒影,风动有歌声。
池翠香侵梦,花羞润露中。

2008.7.30 晚

天目湖贵宾会馆留诗

精居遥望镶溪上,微泾泊舟度你松。
犹在青山霁后处,画出西南四五峰。

2008.8.2 下午于天目湖宾馆会馆

七绝·涧溪

汇涓聚滴离崖头，奔坳赴涧溪入流。
清澈练明尘不染，出山涌动大潮吼。

2008.9.11

七绝·秋云有感

浓似丹青淡似纱，悠然飘逸走天涯。
斜阳绿水清风伴，绮色随人欲进家。

2008.9.28 午于仙林

七绝·秋水

一山相对景成双，鱼雁共嬉霄汉翔。
枫动楼摇恍似梦，幻招骚客语颠狂。

2008.9.29 于南京

秋　日

——国庆抒怀

风冽急飞雁，气爽云未还。
高秋辞大野，落日映满天。
红叶傲霜重，黄花笑岁寒。
月升碧壑静，江涌紫澜翻。
万派朝宗意，欢歌颂长安。

2008.10.1 于南京

扇子五首

三叶电扇

薄薄三叶扇,威力不可挡。
赤日炎炎里,频频爽气凉。

折纸扇

生来就是有情人,骨硬面薄意韵深。
翻转开合连宇宙,清幽翰墨动乾坤。

团扇

全身锦罗袍,婀娜更窈窕。
伴君情意重,风起送英豪。

芭蕉扇

我本蒲葵叶,出生就更名。
举手驱暑气,起舞弄清风。
不问新和旧,勿分衰与荣。
但凡有难处,蹈火赴汤行。

羽扇

本该邀太空,结伴携手行。
何有送风意,只为济世穷。
经纶随愿转,英姿任心呈。
公瑾孔明后,几人能誉雄!

2008.10.12 日于南京

七绝·秋雁

秋雁一行飞九重,真龙烈烈架长风。
拂天晴日排云上,空裂清洗万古名。

2009.10.3 中秋节

七绝·秋日登高远望有感

如意江山满目中,注来谁是出群雄。
事殊兴极虑思聚,天淡云闲今古同。

2009.10.7 晚

七绝·秋日

秋空澹澹暮云高,静映前山枫叶烧。
明日巅峰怡放眼,林染江透鹰击霄。

2009.10.8 午后

七绝·题画二首

其一

碧水丹山映舍脊,浮云犹在小桥西。
低吟不料惊溪鸟,飞入层林深处啼。

其二

晚山万座绿林染,秋水千波接碧天。
才觉风吹帆不动,岂知此是丹青缘。

2009.12.15

七绝·月下思

夜空风尚淡,思重意犹长。
云动理心绪,泪流湿月光。

2010.12.16 凌晨于汉国

感 事

庆元旦

激情豪迈庆元旦,胜利送走七六年。
抓纲治国见成效,实现四化谱新篇。
群英继起承遗志,四害流毒连根铲。
再攀科学新高峰,刻苦钻研攻难关。

1977年元旦为出庆元旦专刊留句

贺《毛选》五卷出版

《毛选》五卷鼓春风,吹得大地花万丛。
吹得江山尽朝晖,吹得神州春意浓。
《毛选》五卷似明灯,照得我们心里明。
照得祖国红万年,照得世界红彤彤。

1977.5.20

祖国新貌

铲除四害得人心,发表五卷催春潮。
五湖唱出心中歌,四海跳起欢乐蹈。
长江黄河赛流水,昆仑长白试比高。
百花盛开满园春,万紫千红分外娇。

1977.6.21 于砀山

数学科学力无穷三首

2003年对数学之感偶成数句编入《线性代数》课外学习资料(诗集)绪论。

其一

信息社会现代化,数学科学力无穷。
皇后仆女双角色,科学技术全应用。

其二

数学是个有机体,众多分支均相容。
数量空间同根源,古典现代一脉承。
九章原本分东西,基础应用两伯仲。
代数几何解析法,问题总归解方程。

其三

线性代数最基本,矩阵向量主内容。
概念繁多兼抽象,理论深奥更系统。
多读勤思重实践,明理懂法会运用。
劝君学习多努力,勤奋求实心态平。

教与学

2004年教学有感将多年教与学的体会集成句。

化难为易,化易为趣,
化趣为乐,化乐为法,
化法为技,化技为巧,
化巧为智,化智为知。

品质决定人生

2005年为南京邮电大学新生寄语,其中有人生之感悟。

环境决定思想,思想指挥行为,
行为变成习惯,习惯养成性格,
性格影响品质,品质决定人生。

难易赋四首

其一

克难先克易,做大应做细。①
千里始足下,石穿靠水滴。②

注:① 此句出于老聃:"图难于其易,为大于其细。天下难事,必作于易,天下大事,必作于细。"② 此句出于《荀子·劝学》:"千里之行,始于足下。水滴石穿,绳锯木断。"

其二

逢难需变易,遇险应化夷。
复杂出简单,平凡育神奇。

其三

难并不可怕,易更勿须喜。
吉凶相卜卦,福祸互伏倚。

其四

勤能补拙笨,难终化简易。
有志事竟成,凿井泉当及。①

注:① 此句出自李白诗:"凿井当及泉,张帆当济川。廉夫唯重义,骏马不劳鞭。"

2006.5.11

仙林大学城有感

栖霞藏古寺，灵气聚仙林。
漫漫文苑路，莘莘求索人。
恢弘真伟势，壮志更凌云。
铮铮教学意，孜孜攻克心。
披肝明日月，沥胆照乾坤。
面壁图破壁，攀登上昆仑。

2006.5.16 南京

闻有人欲重走唐僧取经路有感

从报上知，有人欲在玄奘圆寂1342年的今天重走唐僧取经路，重写唐僧取经历史。有感。

玄奘圆寂逾千年，取经今日为哪般。
当年不是丝绸路，八戒悟空奈何天。

2006.5.18

七律·庆祝南京邮电大学建校60周年暨更名成功

南京邮电大学的前身是成立于1942年的山东滨海战邮干训班。2005年经国务院批准为现名。为此庆祝赋七律一首。

抗日烽烟邮干训，而今为国育贤良。
先贤英气歌滨海，我辈雄风唱大江。
网络互联无有线，多科交融信息长。
发薄积厚精神在，再铸辉煌伟业扬。

注：时任教育部副部长张保庆为南京邮电大学题词："厚积薄发，再铸辉煌"。

2006.5.19

研究生教育有感

近日硕研,多多弊端。
怪象丛生,洋洋大观。
导师一个,学生成片。
本硕连读,近亲繁衍。
硕博连读,师徒一串。
官商傍学,把经念偏。
廉价劳力,老板用滥。
苦力做尽,学习不管。
能力水平,无人吉谈。
智育素质,全部冲淡。
胸无大志,目光短浅。
三年五载,不能答辩。
经费纷争,关系闹翻。
学生出题,老师作难。
质量滑坡,无人买单。
培养本科,导师虚现。
就业第一,学问靠边。
科研形式,成果表面。
学术作秀,浮躁粗浅。
急功近利,虚假蒙骗。
指标定死,数量敷衍。
论文标价,枪手赚钱。
抄袭不怪,网开一面。
似是而非,闭目不看。
一篇文章,挂名连天。

彼此呼应，心照不宣。
你评我荐，互不隐瞒。
助此增长，危急国安。
种种纰漏，岂能蔓延。
教育改革，刻不容缓。
弘扬正气，力挽狂澜。
力克陋弊，我辈勇担。
身先士卒，拨乱清天。
朗朗乾坤，红日高悬。

2006.6.4

七绝·四载犹在须臾行

年年六月多阴晴，喜怒哀乐各不同。
嬉笑玩耍怎觉快，四载犹在须臾行。

2006.6.6

七绝·青春意气对华发

2005级《高等代数》课程结束与学生告别有感。

青春意气对华发，忘年至交两无差。
师生相长双比翼，友谊永存岁月嘉。

2006.6.16

七律·贺青藏铁路全线通车

神奇天路贯巅峰，极限勇超举世惊。
皑皑雪山迎喜客，沱沱绿水架长虹。
风霜冻土等闲过，缺氧高寒顺畅行。
最赞和谐生态道，九州华夏舞祥龙。

2006.7.5

七绝·南邮眼镜湖夏日即景

阴翳香樟雅静藤,梧桐深处有蝉鸣。
夏云聚散不知晓,荷猛跳珠听雨声。

2006.7.6

七绝·离别数理学院有感

数理四年真爱惜,惜别故里恋依依。
潸然回目情难尽,友谊永存意在扉。

2006.7.7

七律·乘飞机遨游神州

银首银翼彩衣衫,呼啸直插九汉天。
跨海越岭如信步,穿云破雾似庭闲。
寅卯展翅在东海,辰巳驻足大漠边。
我辈常圆天上梦,胜于仙界炼千年。

2006.7.18 上午于中国东方航空公司 B—2360 机上 4F 座

七绝·乘飞机有感

凌空方悟做人难,人外有人天外天。
我上祥云三万里,天还高我路八千。

五绝·乘机到成都

拜水都江堰,青城问道山。
巴山蜀水秀,天府故园罕。

2006.7.18 于成都机场

七律·在南京至成都的飞机上有感

朝离江尾午至源,蜀吴都市瞬息间。

三足霸业称雄势,五丈陨星逝梦圆。

多少豪杰沉水底,峥嵘岁月变云烟。

凌空尔等居高下,华夏神州尽眼前。

2006.7.18 于成都机场

七绝·视野胸襟思路宽

——参加南邮处级干部学习《江泽民文选》培训班第一期学习有感。

余参加学习《江泽民文选》和十六届六中全会精神培训班第一期,这一期在安徽和县香泉湖国际度假村,湖光山色美不胜收,又恰逢中央要求地方选举要风清气正。学习班收获颇丰,随成一首。

水抱山环景色美,风清气正最心欢。

和谐社会明方向,视野胸襟思路宽。

2006.11.26 于香泉湖

七律·琼浆玉液香醇酣

——新年通达学院在南京市新开元大酒店宴请南邮处级以上干部

群英相会聚开元,故旧新朋尽乐欢。

交错觥筹甘露溢,琼浆玉液酌醇酣。

畅怀今日一杯酒,放眼明朝倍劲添。

融洽和谐祥气正,豪情诗意更无前。

2007.1.5 晚

和谐视野下的大学文化

兼并包容呈大气,博采纳川集众长。
传承浑厚民族韵,引领多彩时代航。
青春彰显有活力,智慧汇聚放光芒。
思想交融秉使命,科技创新圣殿堂。
探索执著求真理,素质全面育栋梁。
培育和谐炼特色,服务社会铸辉煌。

2007.5.4 晚

论诗作

求物妙捕风,慧眼在作影。
江流天地外,山色有无中。
诗作急追捕,兔起即落鹰。
景到当手到,少纵难摹清。

2007.7.8

七律·步毛泽东长征诗原韵

——贺中国人民解放军建军八十周年

人民军队历艰难,华诞八旬若等闲。
万里征途冠亘古,八年扫寇似弹丸。
王朝埋葬共和建,大国崛起帝国寒。
维护和平千载任,三军强大世欢颜。

附:毛泽东《七律·长征》:"红军不怕远征难,万水千山只等闲。五岭逶迤腾细浪,乌蒙磅礴走泥丸。金沙水拍云崖暖,大渡桥横铁索寒。更喜岷山千里雪,三军过后尽开颜。"

2007.8.11 晚于日本东京

七律·读书

读书切忌太慌忙,涵泳功夫韵味长。
字里行间含雨露,眉批脚注育华章。
性情陶冶一生事,智慧传承万代扬。
俱进与时新意创,和谐文化赖书香。

2007.10.5

贺中国共产党第十七次代表大会

特色彰显旗帜明,小康社会指航程。
马列毛邓三代表,科学发展一脉承。
解放思想枝茂盛,改革开放树长青。
更喜和谐社会建,团结奋进九州同。

2007.10.21

七律·通识教育赞

学问务广切忌狭,先通后专最为佳。
通识教育乃本意,专业培养实末芽。
科学人文双比翼,品德业务共芳华。
与时俱进通时代,因地制宜遍地花。

2007.11.6

七绝·书院

岳麓东林白鹿洞,始兴唐宋至明清。
谈经论道潜修业,德志品行俱养成。

2007.11.6

七绝 · 大学精神

革故鼎新人作本，兼容并蓄塑人文。
菁华荟萃育梁栋，普益人间铸国魂。

2007.11.6

选 秀

草根民主名，炒作风盛行。
比赛流形式，商业作实情。
造星几关过，选秀一夜成。
媒体低俗化，娱乐是附庸。

2007.11.13 于仙林

七律 · 糊涂人①

沧海桑田见证人，岂能安逸善其身？
有谁庸碌垂青史，几个荣华及子孙？
一闭一睁魔入脑，又摇又摆病于心。
板桥卧听萧萧竹，疑作声声疾苦吟。②

注：①郑板桥有"难得糊涂"警语。②郑板桥有诗句："县衙卧听萧萧竹，疑是民间疾苦声。"俗话说"清醒难，糊涂更难"，余做糊涂人亦难也！

2007.11.15 于仙林

七绝 · 贺首次月球探测嫦娥一号工程成功

仙丹一粒化飞天，梦想千年今日圆。
浩渺九寰云与路，神州十亿共婵娟。

2007.11.27 晚

七绝·贺人大政协两会

毕至群贤大会堂,共商国是诉衷肠。

民生民意民情重,华夏和谐旗帜扬。

2008.3.17

七绝·学校领导与部门负责人共话未来

群贤毕至聚御秦,欢声笑语数上品。

坦荡情怀当尽兴,创新仰靠后来人。

2008.3.19 晚 即席诗

七绝·春雨春风春意浓

——参加数理学院到天目静泊研讨评估工作

春雨东风暖意浓,静泊庄院聚群雄。

矶珠粒粒昭天目,笑语满湖情满庭。

2008.3.22 即兴于天目湖风景区静泊山庄

参加研讨会有感

水日水乡好语降,未来共话诉衷肠。

共筑数理千秋业,兼并虚实一脉长。

两个平台精意造,三大基础尽力夯。

静心泊欲明观念,天目潋潋映日光。

2008.3.22 于天目湖风景区静泊山庄第三会议室

烟雨江南二首

——参加江苏省民盟常委扩大会有感

其一

烟雨春江意正浓,群雄相聚话民盟。
相传薪火鼎盛世,社会和谐共践行。

其二

烟雨江南,春意盎然。
世纪大厅,笑语连篇。
人大政协,盛况空前。
通力合作,相照肝胆。
政治交接,薪火相传。
和谐社会,携手共建。
参政议政,奋勇当先。
振兴中华,终生奉献。

2008.3.30 于南京新世纪大酒店

念奴娇·赞改革开放三十年

改革开放三十年,
竟现人间春色。
唤起玉龙十三亿,
赢得玉宇澄澈。
猫黑猫白,
姓资姓社,
生产力评说。
神州强盛,

环球关注中国。

回望三次南巡，
　春潮澎湃，
　激荡薄天雪。
解放思想抬望眼，
　道路更加宽阔。
科学发展，
和谐社会，
特色红旗热。
请看今日，
欢歌霄汉响彻。

2008.5.2 晚

五律·震寰宇

——庆祝真理标准大讨论暨改革开放三十周年

碧海浪涌天，一声震宇寰。
卿云浓雾散，红日紫霞悬。
篱破人欢笑，田耕春满园。
驾风霄汉外，接力法宝传。

2008.5.11

翔

南京邮电大学自五月十一日开始接受教育部专家进行本科教学工作水平评估，于今日上午进行反馈。学校以优异成绩顺利通过评估，欣慰之，随成。

扶摇九万里，晴空雁一行。
烈烈凌云翅，乘风正翱翔。

2008.5.16

抗震救灾

——5·12汶川大地震

惊天一震袭汶川,地裂山崩巨石旋。
生死揪心领袖痛,血泪洗面万民恰。
炎黄赈灾情浓重,将士抢险志更坚。
众志成城驱国难,同心重建美家园。

2008.5.22

五绝·端午节

角黍承先哲,竞舟启后人。
年年端午节,韵风融古今。

2008.6.8

贺陈江会谈

海空阴霾散,乾坤又青天。
九二话共识,零八认同感。
哲人何萎落,夙愿已得圆。
两岸庆此时,把酒醉婵娟。

2008.6.12

春游

金窗玉关雪,东风绿水烟。
花放柳垂处,胡姬直挥鞭。

2008.6.13 日为陈江会谈而作

七绝·话别

孤驿劳劳万里长,悠悠汽笛入云旁。
雨情不尽东流水,处处清风伴柳杨。

2008.6.21 大雨

徐州伏羊二首

其一

十分日进九分出,夏日伏羊益六腑。
滋阴壮阳多功效,不需秋养与冬补。

其二

春秋存祭祀,秦汉伏腊羊。
劳作田家苦,斗酒自劳赏。

注：徐州,古彭城,早在春秋时期人们便有伏腊烹羊包羔祭祀的习惯,《汉书·杨恽传》记载:"田家作苦,岁时伏腊,烹羊包羔,斗酒自劳。"《本草纲目》记叙:"羊肉具有补脾胃、壮阳、冶虚劳寒冷、安心神、止痛等多种功效。"今徐州有"伏羊节"盛况空前,历时月余。余作为古彭之人,欣慰之,随成。

2008.7.27

为2008年北京奥运会而作

中宣部、中央文明办、中央外宣办联合举办"爱我中华、祝福奥运"网上签名,暨寄语活动,余欣然而作以寄语。

喜圆华夏百年梦,诚邀环球五洲朋。
福娃吉祥和谐意,五环竞技赛友情。

2008.7.29 午于南邮

移动尽风流

——为摩托罗拉企业移动业务无线网络教育精英论坛大会而作

挣脱缆桎梏,无线竞自由。
网络连世界,移动尽风流。

2008.8.2 下午于天目湖贵宾会馆

南邮仙林教室随感

光怪气闷似蒸房,师生犹在烈火旁。
走入楼前炎日里,偷闲一刻是乘凉。

2008.9.11

七律·为《光明日报》《百城赋》而作

百城辞赋著华章,风物人文字字芳。
润色千年龙血脉,讴歌时代圣乡邦。
铺陈经典意悠远,骈偶文华韵久长。
绚烂多姿情厚重,丽词绮语万花香。

2008.10.7 于南京

七绝·秋日诗思

诗思秋日意尤新,未至灞桥已味真。
好似长安车马客,几时修到骑驴人。

2008.10.16 于南京

七绝·秋日山游

正是秋高红日坠,犹如山色丹青为。
欲归却失来时路,又陷幽花静道围。

2008.10.19 于南京

七绝·江边有感

人生到处知何处,回首注昔已惘然。
闲上岸边观逝水,忽于江底见青山。

2008.10.20 于望江楼

华夏行

——为纪念中华人民共和国成立六十周年而作

　　时值中华人民共和国成立六十周年之际,仿唐宋之歌行,以《中华赋》为张本,依其韵,作《华夏行》献于新中国六十华诞。

羲皇制礼史开篇,炎黄行道龙脉衍。
尧舜禅让树仁典,大禹治水弘义范。
群落聚首众生耕,黄河滋养长江涵。
捕鱼湖海狩猎山,游牧草泽农桑田。
南麓灵秀含聪慧,北野平实育勤勉。
东海浩瀚纳博达,西陲苍莽染豪悍。
物华疆袤风淳善,承幸神佑福天赠。
夏启六十七王朝,顺势民助兴盛传。
清止四百余皇帝,悖道民弃衰亡焉。
炎黄承袭八百代,华夏变迁五千年。
阴阳易津识天象,经纬定规知方圆。
老庄道经明哲理,孔孟儒学修德贤。
通达世态遵伦常,悟渡佛觉修禅玄。
博撷古今百家学,凝汇东西千秋鉴。
济济才俊文悠渊,泱泱国度遗奇观。
长城雄峰横跨越,运河娇波纵贯穿。
丝路玉帛驰西域,高窟雕绘惊人寰。

天干地支能记日，磁标罗盘以指南。
地动浑天测象震，火枪药炮攻垒坚。
本草祛疾极养元，漆案习文纸著卷。
诗赋华章情激扬，词曲雅韵意温婉。
琴瑟清音鸣和谐，笙箫津吕畅悠远。
皮鼓威声闻城郭，编钟洪乐绕金銮。
祖奠伟业成宏愿，江山大统神州璨。
奉友以诚言必信，以和为贵邻相善。
文明之都五洲仰，礼仪之邦四海瞻。
中华雄姿耀史册，民族风骨染画卷。
求索放逐不辱节，变法车裂不更弦。
宫刑撰史不易志，蒙陷报国不挟怨。
鞠躬尽瘁辅汉蜀，心忧天下民为先。
舍生取义照汗青，荡倭平寇冲霄汉。
销烟禁毒骨扬威，驱贼撞舰震海天。

　　惜，忠勇悲歌邦疆陷；
　　痛，华阳夕下国家残。
　　恨，昏君丧国割地辱；
　　愤，半殖民地列强蚕。

怒水似潮壮士啸，愁丝如茧黎民叹。
哀鸿凄鸣欺何堪，雄狮震吼还河山！
灭帝制，争民权。求解放，拯国难。
辛亥霹雳清倾翻，民国兴华人翘盼。
五四狂飙九州卷，北国送来党宣言。
农运火烧连湘楚，工潮浪击波京汉。
沪穗南援反帝制，国共北伐讨国奸。
独夫民贼叛革命，清党驱共诛忠贤。
铁窗囚禁屠刀戮，血雨腥风英躯染。

惊雷裂空愤呐喊，韶山灯光破黑暗。
星火燎原唤农工，枪杆里面出政权。
萍乡秋收举暴动，南昌八一起义竿。
井冈鼓角阵阵鸣，百色旗旗猎猎展。
红旗卷起农奴戟，黑手高悬霸王鞭。
赤潮翻滚琼海地，革命波及大漠边。
懦府苟安不攘外，围剿红军屡当先。
依依惜别离瑞金，迢迢跋涉赴延安。
战湘江，鲜血染。守遵义，把航船。
突乌江，翻雪山。穿金沙，越六盘。
魂系理想聚信念，万里远征死无憾。
兵谏逼蒋共抗日，中华儿女同亮剑。
台儿庄，平型关。驳亡国，持久战。
歼敌寇，肃汉奸。反扫荡，拔据点。
延河宝塔贤达聚，绿野黄川大刀闪。
户户壁垒心相通，处处烽火人赤胆。
坚贞不屈投江女，视死如归跳崖男。
挥戈白山颂靖宇，舞刀黄河赞左权。
华夏儿女多壮志，英烈忠魂固河山。
同仇敌忾共一志，热血洗尽山河怨。
前赴后继苦八载，奋斗荡却鬼狼烟。
邦将宁，家欲圆。悬月笑，倾城欢。
国共言和顺民愿，秉承大义重开谈。
蒋氏背信墨未干，针锋相对命攸关。
转战陕北智牵敌，战略转移挺中原。
新府运作西柏坡，土地改革政预演。
三大战役惊中外，两个务必警世言。
千军乘胜追穷寇，万马奋勇扫江南。

炎黄子孙同舟济,敢教日月换新天。
王朝覆灭天地变,中华新生震宇寰。
建立人民共和国,十月一日举庆典。
　　喜,百姓载舟主沉浮;
　　赞,人民承天定坤乾。
　　旨,政贞至要民福祉;
　　策,国祚至重邦昌安。
党中央描绘蓝图,毛主席远瞩高瞻。
　　自立民族林,更生华夏园。
　　领袖挥旌旗,万众齐昂然。
　　横跨鸭绿江,援朝保家园。
　　拓垦北大荒,装点戈壁滩。
披荆斩棘除艰难,革故鼎新清本源。
广施善政创典范,振兴经济维尊严。
欣欣百业攘攘市,冉冉旭日翩翩燕。
只争朝夕求大同,跃马扬鞭超英先。
欲速不达民生怨,躬身自省梗脊前。
风流人物看今朝,流金岁月时代唤。
探路星河破万题,寻宝矿海跋千山。
风雪救灾洒兰考,浆池搏喷战油田。
舍身排爆动大地,助人为乐暖人间。
为国争光排万难,科技巅峰永登攀。
卫星展翅响环宇,两弹裂空腾霄汉。
喜看稻菽千重浪,遍地英雄下夕烟。
欢欣消灭强权威,堪忧思虑红旗变。
文化革命风暴起,造反红潮狂翻卷。
经济停滞社会乱,人人自危国遇难。
总理负重沥心血,小平辅政披肝胆。

挫败国贼化灰烬，勇斗奸佞扶国安。
同胞血骨方安土，领袖相继辞人寰。
万马齐喑泪成河，穹窿欲坠悲恸天。
中华道路向何方，谁挽逆舟之狂澜。
人民命运自主宰，历史车轮永向前。
扫除四害驱梦魇，冲破藩篱向前看。
邓公挥臂展宏图，舞动巨龙飞九天。
万众一心向大业，重振中华神龙颜。
解放思想春化雨，真理检验靠实践。
实事求是沁人心，改革开放谋发展。
科学春风吹大地，三中全会指航线。
小岗红印破羁绊，深圳热土涌金山。
特区崛起带内地，长珠三角驱全盘。
神州大地春潮卷，春天故事续不完。
京九琼崖脉纵贯，雪域高原巨龙攀。
三峡平湖映日月，神舟嫦娥翱蓝天。
西气东输海漠富，南水北调甘霖甜。
九年义教万民乐，大众教育重内涵。
生态农业秉天成，千载农赋一朝免。
尖端科技世夺冠，信息工业结网缘。
广厦鳞次霓虹灿，星企林立枝叶繁。
港澳回归雪耻恨，海峡直通盼团圆。
小康水平步步高，和谐社会日日鲜。
盛世景象颂难尽，多娇江山赤子眷。
援藏济困献雪山，育稻脱贫躬畴田。
传薪真理志忠贞，秉持正义气凛然。
党心更把民心连，时代再谱新诗篇。
高擎旗帜为人民，践行科学发展观。

战洪峰，驱非典，领袖情系百姓安。
搏雪灾，抗震患，公仆动容人民难。
四海善歌唤生命，九州壮举托尊严。
同承邦殇克时艰，百折不挠摧不涣。
昂首凝聚强国魂，携手重建美家园。
环球华夏血奔流，五洲传递圣火燃。
祥云烈烈呈祥瑞，福娃甜甜祈福愿。
相聚北京迎奥运，华夏儿女襄盛典。
鸟巢百灵共欢歌，竞场群星齐争冠。
同一世界同耕耘，同一梦想同实现。
勇立潮头不称霸，国际秩序共商谈。
叱咤五洲风云激，信步四海浪涛端。
肩负世界大国任，融入国际新循环。
发展凸现中国色，金融危机挽巨澜。
国富民强援海外，和谐文明作贡献。
惠泽炎黄众子孙，福佑海峡荫两岸。
五十六族同家园，十三亿人共华年。
群山欢呼江河赞，喜迎六十庆华诞。
翻天覆地辉煌铸，震古铄今奇迹璨。
奋斗艰辛岁月铭，真理光芒历史鉴。
六十年，羽化蝶。六十年，沧桑变。
六十年，风霜骤。六十年，韶光艳。
　　颂，民族复兴创伟业；
　　咏，中华盛世空无前。
　　祈，神州奋进展宏图；
　　愿，祖国鼎立永昌安。
诗人高歌颂华夏，万方乐奏更喧天。

2009.8.28初稿于南京，2009.9.6定稿

乐不堪忧

有感于普瑞休(Douglas Prasher)将绿色荧光蛋白质(GFP)基因的发现予于洛尔菲和钱永健,因此后二者为2008年诺贝尔奖获得者;普瑞休却自动让出,由此想到富兰克林·哈勒,想到古今中外淡泊名利书生本色的有志之士。

一箪一瓢在陋巷,不改其乐不堪忧。
贤哉颜回传千古,更赞当今普瑞休。

2008.12.6 于南京

高枝栖凤

——为自动化学院学科发展研讨会而作

竹韵意幽长,翠湖紫气扬。
园芳酿佳蜜,高枝栖凤凰。

2008.12.13 于天目湖竹翠园宾馆

万象和谐

——2009年春节短信诗

爆竹声声辞旧岁,梅花点点贺新春。
东风送暖绿千树,万象和谐十亿神。

2009.1.25(除夕)

香池沁群芳

——为华师大而作

大夏光华意韵长,学府师范著锦章。
丽娃翠河孕梁栋,荷花香池沁群芳。
求实创造一流奋,为人师表多科彰。
硕果累累誉黄埔,雄姿领航更辉煌。

2009.3.13晚、2009.3.14下午在华师大座谈会上朗诵

秋收更关情

——又为华师大公选座谈会而作

群英聚申城,侃侃心语浓。
春意喜来早,秋收更关情。

2009.3.14 下午

有感中国屡在金色大厅演出

新年乐会年年有,金色大厅一展喉。
文化交流名本意,内产促销誉出口。
二泉映月二经夏,十面埋伏十度秋。
白雪下篱均粉墨,肖邦子弟几人留?

2009.5.11 晚

七绝·喜庆中华人民共和国成立六十周年

恭庆六旬秋色盎,风清气爽桂花香。
丹青潇洒升平世,翰墨豪情锦绣章。

2009.9.20

海宽心胸

——为参加学校2010学科建设工作会议而作

爱海宽心胸,涛声促耳聪。
利我远放眼,园内寰宇行。
云助游银汉,梦卧灵霄宫。
天作迎风帽,一帆任浪涌。

2010.1.25 于南京爱涛利国大酒店云梦厅天一厅会议室

七绝·张继《枫桥夜泊》问

乌啼月落度千年，几多江风渔火寒？
夜半钟声何处送，客船谁见靠桥边？

2010.1.25 午夜于南京江宁

养目逸肢

——参加"加强领导力与执行力建设"培训班体会

论人佚官不躬亲，养目逸肢平气心。
事精弊生劳手足，伤行费意怎为君！

2010.4.22

无私自口碑

——有感南京邮电大学仙林校区图书馆落成开馆

忧患思愁民系怀，世俗安危我承载。
人可乐成不虑始，无私自然留口碑。

2010.6.14 于南京

读书境界

竹斋花屿读书床，心静身闲宜日长。
古意今释漶自蓄，驰骋跳掷是书狂。

注：杜甫《寄彭州高三十五使君适虢州岑二十七长史参三十韵》："岂异神仙地，俱兼山水乡。竹斋烧药灶，花屿读书床。"孟浩然："日长闻读书。"黄庭坚："日长宜读书。"朱子："书虽是古人书，今日读之，所以蓄自家之德，却不是欲这边读得些子，便搬出做那边用。"……读得一书，便做得许多文字，驰骋跳掷，心都不在里面。如此读书，终不干自家事。

2010.6.19

七绝·花开园中处处香三首

——为砀山中学八十周年校庆而作

其一

千古文石凝紫气,八旬风雨写春秋。
梨都凭借育桃李,盛世英才更一流。

其二

树植校内年年秀,花放园中处处香。
心血勤浇梁栋柱,仙山智水在此堂。

其三

寒窗圆我儿时梦,执教砀中当少年。
似水光阴人半老,喜逢校庆倍欢颜。

2010.7.16 晚

五绝·江亭垂钓图

江流湾转处,柏柳绕茅亭。
渔父扁舟过,散淡钓人生。

2010.7.20

七绝·书缘

一生明月清风伴,四壁真迹名砚藏。
墨海千帆随意竞,书林万卉自留香。

2010.7.20

月宫绘婵娟

——贺国庆及嫦娥二号发射成功

长征三丙神威显,再送嫦娥飞九天。
浩渺广宇观不尽,直奔月宫绘婵娟。

2010.10.1

模糊数学

——为中国模糊数学与模糊系统专业委员会第十五届学术年会题写

历史久远,科学绵长,文化古老,数学渊源,
数学文化是推动人类文明发展的强大动力。
网络时代,信息社会,系统复杂,模糊处理,
模糊数学呈探索科学技术奥秘的美好前景。

2010.10.29

七绝·现代城市鸟巢有感三首

其一

百叶千枝筑一巢,欲与琼宇试比高。
风霜雪雨岂可怕,一任欢歌意气豪。

其二

百尺枝头筑一巢,静息舒卷避喧嚣。
清音丽曲自声远,展翅高飞入九霄。

其三

万苦千辛筑一巢,温馨惬意育英豪。
高初小幼给全力,飞向丛林赛鹪鸮。

2011.2.20 于学校干部大会

落实观有感

踏石留脚印,抓铁有手痕。
何必喊破嗓,不如躬卑身。
清正令方行,豁达思则敏。
但求能作为,功成无需临。

2011.4.2 于南京

颈椎病复发痊愈而作

常年勤劳作,积痨病起因。
颈椎已反转,血管被扁躏。
肠胃翻江海,大脑逆乾坤。
四肢力苏苏,两眼泪淋淋。
遍体似浇雨,肤色类涂金。
生死一线悬,阴阳两界临。
惨状骇妻儿,剧痛刺我心。
顽疾摧宏志,沉疴侵老身。
今日当醒悟,平时应自珍。
钱财作外物,名利视浮云。
张弛有法度,劳逸更温馨。
豁达能耄耋,淡泊逾九旬。
强体促健康,宽心慰儿孙。
愿与家人约,族亲代代遁。

2011.4.13 于南京

读书十二法

读书十二法，孺子当牢记。
假物思问习，精至而专一。
提要钩玄源，不求甚解立。
遁序精思合，一意求之理。
四别书分治，五类书当齐。
时书法五要，贵精探奥秘。
计字日诵术，无疑处求疑。

2011.4.23

词源

读杨海明《唐宋词史》有感。
调随燕乐起，词由声诗化。
清平制太白，格谱自王涯。
红楼夜月处，香泾春风家。
自锁嫦娥怨，宁守越艳哼。

2011.5.1

为理学院2011届毕业生寄语二首

其一

天赐地设尔辈雄，露甘语重寄师情。
十年历苦潜修业，一日成功始振翎。
只盼立瀍续人表，不图逐月冠星名。
登高更有登顶志，无限风光在险峰。

其二

大学才识门庭,毕业非同学成。
处世或始今日,立身更在平生。

2011.6.22

七律·祝贺中国共产党90华诞

张帜策勋欣九秩,南湖皓月映船楼。
拨云驱雾启赤县,辟地开天换神州。
怃乐情牵涤污垢,金瓯壁补锻吴钩。
发展科学鼎盛世,高举锤镰放歌喉。

2011.7.1

初春雨连绵致使鸿雁名居书屋漏水心烦意乱而作

凄风冷雨催肠断,不堪连绵透我墙。
重理心情拨意乱,再整补漏笑倾觞。

2012.3.16日雨后

风之秩

松傲风霜柳曼展,风檐读书赋临泉。
立行坐卧当依秩,逆显风骨顺悠然。

2012.3.16日于午后

七律·参加通达学院迁址扬州及开学典礼

金陵瓜州一水牵,南邮血脉通达延。
厚德弘毅当铭训,网络信息特色展。

2012.10.7于扬州

为大学同班同学毕业三十周年聚会而作

结缘三十四年前，豪气依然震相山。
灿灿红花添异彩，萋萋绿草露芳妍。
茅棚抒就凌云志，泥路炼成挽巨澜。
漫道沧桑鬓已雪，舔子怡孙尚童颜。

2012.6.28

七律·山行

车驰油路心舒畅，信步悠悠惬意长。
万壑声寂生晚籁，数云语咽伴斜阳。
霜催枫叶渐赤色，风助黄花飘暗香。
何事诗情随雁去，山河处处皆吾乡。

2013.9.16

七绝·2014年元旦邮件贺新年

发封邮件贺新年，好友亲朋最喜欢。
送上吉祥和幸福，天天快乐又康安。

2014.1.1 于南京

五绝·参加民盟江苏省委十一届三次会议有感

天高容世界，海邃汇江河。
地阔纳风物，胸宽聚六合。

2014.1.9 于南京中心大酒店

感 人

端午祭悼屈原

屈氏投江死，汨罗沉怨身。
沅湘藏傲骨，华夏吊忠魂。
骚体歌千古，①颂橘沁万心。
凄凄蕲艾绿，②惨惨剑蒲茵。③
碧水彩舟赛，赤竹血泪痕。
年年重五祭，端粽奠仪新。

注：① 骚体，《离骚》为屈原所作。后演变为古典文字体裁的一种。② 蕲艾，即艾。③ 剑蒲：菖蒲，叶如剑。

端阳又祭

年隔双百两端阳，吴楚二臣皆沉江。
子胥刚烈姑苏见，屈原忠心离骚长。

2006 年端午节

七律·观《乾隆王朝》叹和绅

终身侍主慎言行，回日挥戈屡建功。
威业一生鼎盛世，罪极二十坠薄绫。
聪明反被聪明误，廉政却污廉政名。
只因虎龟平步上，何招众怒独邀宠。

2006.6.15

七绝·无题

乐忧天下分先后，荣辱李吴赖汉楚。
革旧出新鼎盛世，谪贬车裂笑沉浮。

2007.7.3 晚

七律·赞杨万里学诗

少作千诗焚毁多,江西体派毋须摹。
无词无字无来处,有景有晴有不得。
接踵八方捧野趣,竞来万象献诗歌。
性情陶冶尽酣畅,开阔胸怀赛海河。

2006.6.19

七律·赞欧阳修

贵纳趋淹贬黜廷,春风二月到山城。
压枝残雪花犹笑,动地惊雷雨纵情。
自在林间啼随意,退居颍上避金笼。
西湖荡漾赏群艳,滁水临泉卧醉翁。

2006.6.27

五律·叹王安石

悦众君难悦,知心无几人。
险诐源厚交,怨怒积尤亲。
罢退金陵隐,免为南陌尘。
志芳身洁在,品贵格高存。

2006.6.27

赞苏轼

新旧党朋皆不容,六州遭贬数眉翁。
万般感慨铸诗魄,一笠雨烟留雁声。
荣辱升沉人世梦,阴晴圆缺月宫明。
琼楼玉宇寒难胜,竹杖黄花乐自浓。
千古风流逐浪尽,雄姿豪杰独飞鸿。

2006.6.27

七绝·淮阴侯

韩信屈体若缺骨，淮阴壮志有依凭。
鞲鹰槛虎暂羁绊，诗等乘风击碧空。

2008.7.15

稷 契

稷契古贤臣，事农教化尊。
沧桑尧舜世，商周启后人。

注：稷契为古代的贤臣。稷即后稷，舜时的农官，周族的始祖。契，相传舜时任司徒，掌管教化，商的始祖。他们官职卑微，胸怀抱负，终成大业。

2008.10.15 夜于南京

七律·赞李政道绘画艺术

心意绵绵言政道，竹神爽爽问秋风。①
乐山乐水超尘界，一木一花吟赋情。
明快清新华丽现，单纯洁简自然中。
精微气韵化离子，②艺物美名伴此生。③

注：①李政道夫人秦惠䇹逝。李作画念之。②李开创了高能重离子物理，弱作用中宇称不守恒。③杜甫诗："细推物理须行乐，何须浮名伴此生。"

2006.11.29

七律·吴起大将军

列国历游费万金，为官作宰步青云。
丧母不孝天良尽，杀妻求符蛇蝎心。
文武两侯彪魏史，纵横四面盖楚人。
悼王身后伏尸死，为由吴子世代存。

2007.1.13 晚

七律·管仲

富市贵卿亲仲父，①霸王之始本为人。②
神州一正民殷赐，乱国九合膺服仁。③
四十人臣君信任，④一生至交鲍知心。⑤
德功言立永铭世，⑥志士躬行倍感恩。⑦

注：①《说苑·尊贤》记载到："齐桓公使管仲治国，管仲对曰：贱不能临贵，桓公以为上卿。贫不能使富，桓公赐之齐国市租一年。疏不能制亲，桓公立以为仲父。"②《管子》："夫霸王之所始也，以人为本。本理则国固，本乱则国危。"③《论语·宪问》："桓公九合诸侯，不以兵车，管仲之力也。如其仁，如其仁。""民到于今受其赐。微管仲，吾其被发在衽矣。"④ 管仲在位四十多年，桓公对他崇敬有加，言听计用，做为人臣又夫复何求呢！⑤《列子》《史记》《说苑》等都记载有管仲与鲍叔牙的深厚情谊，管仲自己感叹说："生我者父母，知我者鲍子也！""管鲍之交"成为后人向往的一种境界。杜甫写诗说："君不见管鲍贫时交，此道今人弃如土。"⑥《左传》言："太上有立德，其次有立功，其次有立言，虽久不废，此谓不朽。"管仲集"三不朽"于一身，从而成为后世士人心中的理想典范，虽不能至，心向往之。⑦ 秦汉以后，历代仁人志士以管仲为典范，克己躬行，如张良、萧何、诸葛孔明、魏征，及至当代周总理皆以管仲为典范，余亦向往之。

2007.1.7 晚

七绝·赞臧克家

耄耋之年未封厢，笔耕勤奋赋诗长。
狂来碎镜童心在，胜景贪看随日赏。

注：臧老有诗云："胜景贪看随日好，余年不计去时多""年景虽云暮，韦光犹灿然""满目春光人未老"。又有诗："日暮朝晖意蓊笼，休凭白发便呼瓮。狂来欲碎玻璃镜，还我青春火样红。"

2007.2.3 于芜湖

七律·咏杜牧

出身名贵志存远,诗苑高绝并义山。
胜似元白格豪迈,不输王李意卓然。
平实细密情难尽,隽永清新韵蕴绵。
水郭烟笼图画好,山行坐爱满霜天。

2007.6.14 晚

七律·咏李商隐

恃傲涡旋牛李争,禄微位卑僚此生。
江湖天地未花发,夕照郊原叹冷风。
怀古咏今偏立意,无题用典过精工。
诗坛格律长追忆,留得西窗听雨声。

2007.6.14 晚

七律·赞王安石罢相

余去年有叹王安石五律一首,意犹未尽。今又作七律一首再赞王安石罢相。

屏迹罢相退金陵,玉白冰洁怎怆情。
景色幽雅绕绿水,胸怀阔大位高层。
桂枝怀古千秋颂,绝句清新万世英。
旧事雪吹随波去,留于后代话平生。

2007.7.7 午

七律·叹荆轲刺秦王

秦皇诈力胜桓公,无奈效曹呈愚勇。
战国春秋已有异,匹夫刺客不无同。
剑疏哀叹奇功败,匕露惜哉壮志穷。
自古俊杰时务识,螳螂蝼蚁怎称雄。

注:春秋齐国称霸时,有曹沫生劫齐桓公之事,战国末期荆轲效仿之。

2007.12.9 晚

哭玉山仙逝

晴空爆惊雷，灵玉归仙合。
痛惜英年逝，惨然音容来。
耿耿赤子志，诤诤磊落怀。
仰思天垂泪，俯念地恸哀。

2007.12.10

五律·赞张子房

资财何爱巨，助汉报韩仇。
凭借一张口，笑嘲万户侯。
略韬经一世，将相效千秋。
功就抛俗事，赤松作伴游。

2007.12.22

七绝·叹唐明皇与杨贵妃

回头一笑媚姿妖，宠爱三千妃贵娇。
祸国失城全不顾，芙蓉帐暖度良宵。

2008.10.22 于南京

司马迁外孙杨珲报会宗书

田波南山芜不治，种豆一顷落作萁。
人生行乐何富贵，长做农夫万世奇。

2010.6.18 晚

读杜牧诗有感三首

其一

蓄久偶会绪奔涌，明快雅清出句惊。
健笔高才词意峭，注坡骏马贯长虹。

2009.5.7 晚

其二

豪迈高华性，俊拔英爽风。
悠然神韵里，薄幸几人名？

2009.5.9 晚

其三

惆怅决难憾不平，退进烟雨盼安宁。
性情风骨天生定，舒卷剪裁怎浑融？

2009.5.10 晨

七律·赞萧何

芒砀保刘离故乡，抚民填国津规章。
荐贤除叛恃韩信，武略文韬比子房。
承继管商法二李，启迪肱股耀群芳。
精心辅主统华夏，砥砺良臣铸禹汤。

2007.12.22

徐达

慨然济世志，仗剑注从军。
位诸宿将上，奉约束甚谨。
统兵廓江汉，率师建功勋。
礼儒论兵法，谋略定乾坤。
忠诚君益重，俭廉士感恩。
智勇负砥柱，恭慎倍艰辛。
烹狗淂幸免，蒸鹅纯传闻。
钟山昭日月，万代启后人。

2008.1.1 晚

叹贾谊

才气有余识不足，量小志大非君子。
岂知默默等其变，何懂隐忍诗宜时。
正朔易服一人笑，初学年少千夫指。
怅伤病沮不复振，惟为怀王哭泣死。

2008.3.16

赞陈毅拜访马一浮请其出山为国

儒将拜儒礼数宽，马门立雨赋美谈。
坦言隐士天下务，蠲叟愿抛高卧安。

注：1957年，陈毅着长衫拜访马一浮于杭州蒋庄西楼请其出山为国，恰遇马老午休，此时天落起霏霏春雨，家人请进屋稍待，陈言"未经主诺，不便进入"，遂立檐下等候。此被誉为"马门立雨"。蠲叟为马一浮自称。

2008.4.5

鸱夷子皮赞三首

其一

霸越平吴业,扁舟烟水间。
悠悠千载后,浮海几帆悬?

其二

处国伯天下,处家累万金。
三迁名后世,转物任时人。

其三

吴越豪杰数范公,行商去相五湖中。
陶朱三致千金散,万顷沧波留美名。

2008.7.6 晚

七绝·空城计叹司马二首

其一

街亭大胜势如虹,功愧空城释孔明。
但派精兵三伍入,何来耻笑万年雄?

其二

战法熟知善用兵,最为谙达汉楚争。
诸葛若被空城灭,统一何成两晋龙。

2008.10.19 于南京

游 记

游宝华山偶成

2006年4月21日与南邮各民主党派活动同游宝华山偶成。

宝华沧郁历千年,宗津隆昌第一山。

亭榭白云观景美,乌龙洞府探密艰。

宝志佛指梁武数,乾隆御书秦淮源。

森林自然生态好,和谐正气满人间。

镇江偶成

镇江以"天下第一江山"享誉古今,余今有幸参加江苏省数学学会第九次代表大会来到此地,见到这一拥有三千多年文明历史的古城,一江横陈,三面连岗,依山傍水,秀外慧中,天生丽质,得天独厚,绝无仅有。更兼山在城内,城在山中。真可谓真山真水入诗画,名江名城注史典。堪称城市山林天下第一,有感而发偶成一首。

天生是丽质,毓秀钟灵山。

一侧江陈横,三面岗相连。

山中古城在,城内青山延。

第一称天下,誉载诗画典。

2006年5月13日晚于镇江碧榆园1608

游镇江南山风景区四首

七绝·竹林寺[①]

行院苏公黄鹤山,[②]人文贤圣学林轩。[③]

康熙题匾竹林寺,[④]石刻有为林公泉。[⑤]

注：①镇江南山风景区以竹林寺为主，风景幽深，古朴素雅，明朗渺渺的城市山林景色，故从竹林寺游起，且每句都与"林"有关，或带"林"字。②宋苏轼（东坡）在南山鹤林寺留下"苏公行院"，今有黄鹤山，即为鹤林寺所在，故此句有"林"。③今有学林轩，内设镇江人文历史博物馆。④今存康熙题写："竹林寺"匾额。⑤林公泉为明代林皋法师所开，泉依山崖，雨后泉过石缝，滴漏如磬。旁有康有为石刻留存。

挹江亭

寺后竹林接顶峰，登高观景挹江亭。

翩翩帆白烟波上，点点火星云雾中。

南　山

重峦叠嶂翠，茂林兼修竹。

山深境幽静，泉涌清新出。

怀　古

南山风景区现存招隐寺、竹林寺、黄鹤山、九华山，内有文心阁、雕龙池、知音亭、增华阁、读书台等古迹。

文心阁上思刘勰，雕龙池边念昭明。①

读书人去留萧寺，招隐山空忆戴公。②

米氏云山成画派，③茂叔莲池著玄宗。④

莲花洞观古化石，⑤碧榆园栽不老松。⑥

注：①梁太子昭明在增华阁读书，招文人选编《昭明文选》，又令刘勰编《文心雕龙》。②东晋末年戴公隐居于此，萧统在此读书。唐刘禹锡有诗句"隐士遗尘在，高僧精舍开"，便是对此景的描写。③米芾父子在此居住四十年作画，形成"米氏云山"这一画史流派。④宋代哲学家周敦颐在此修"茂叔莲池"著书立说。⑤莲花洞为史前古化石发现之处。⑥碧榆园为镇江市人民政府在南山风景区修建的一个现代化星级酒店，园林式建筑典雅别致，人文底蕴浓厚。对面建有百寿园，新西兰松雕寿星，千姿百态，与千年古迹交相辉映，融为一体。另有革命先驱赵伯先之墓在此，也喻革命先烈永垂不朽。

2006.5.13夜于镇江南山碧榆园1608

九寨黄龙

游黄龙之前夜,恰逢中央电视台《再说长江》在CCTV-1黄金时段播出九寨黄龙,更感此行天生有缘,自然造化,倍神往矣,随赋此篇。

赤橙黄绿青蓝紫,目眩情迷缘天生。
堰塞堆玉蕴幻海,落差叠翠泻银虹。
圣泉转花呈福贵,彩池积沙现黄龙。
自然神化岷山雪,纯真古朴松潘城。

2006.7.18 夜于九寨

五绝·游黄龙

清静自然地,钟灵毓秀山。
林空池彩碧,龙舞鎏金丹。

2006.7.21 于黄龙古寺前

七律·游都江堰拜水

都江水拍千年梦,害抑利趋赖李冰。
鱼嘴高低分走水,飞沙内外碧流清。
马叉竹篓伏妖怪,水浇火烤兴宝瓶。
巴蜀大开天府地,庙王金铸万民情。

注:2006年7月22日余冒雨游都江堰拜水,惊叹李冰创科学治水之先例,造华夏文明之瑰宝,开出千年开府之地,历代乾廷、蜀中万民立庙祭祀、拜王塑金,感恩戴德,流芳万世。

2006.7.22

青城山二首

其一

雄镇岷山麓,群峰翠相连。
野芳漫古泾,道法本天然。

施布炼八卦，金鞭分两山。
藏风灵气聚，仙境在人间。

其二

树拥雄峰势奇伟，藤绕古道曲幽回。
悬崖陡峭如锋利，斩断青云两处飞。

2006.7.22

七律·武侯祠

注昔圣地柏森森，丞相祠堂依旧存。
锦里隔墙整巷好，门前宽道四时春。
不为三顾得天下，哪有两朝烦老臣。
逐鹿群雄成旧事，频留凭吊千年吟。

2006.7.23 在游武侯祠回南京后，阅杜甫《蜀相》有感

七律·从成都回南京

云开即见故金陵，犹是江宁车马行。
旅客安眠知雾静，空姐笑语露天晴。
四川好水逢秋色，万里归途对日明。
征战已随江逝尽，喜闻吴蜀皆欢声。

2006.7.23 在成都至南京的飞机上

念奴娇·游黄龙九寨有感

黄龙九寨，
莽岷山，显尽人间春色。
飞架碧波四百丈，
翠海彩池澄澈。
堰塞成湖，

落差飞瀑，
卷起千年雪。
天佑神化，
妙处难与评说。

神山圣水仙府，
自然清静，
如镜天空阔。
安得环保随意愿，
美景恒于日月。
玉带芳流，
金龙盘踞，
永驻新中国。
和谐世界，
人和天地同乐。

2006.8.2

清平乐·重阳登仙林鼎山

鼎山极目，
秋韵满吴楚。
灿烂霜天红漫渡，
装点江山无数。

仙林荟萃群英，
孜孜尽展雄风。
今日月宫折桂，
明朝霄汉伏龙。

2006.10.31

秋日游溧阳南山天目湖五首

其一

南山秋意罩,竹海翠笼烟。
望水胸襟阔,登峰眼界宽。
随心天目遨,信步畅然欢。
抛弃凡俗事,伴仙凭醉眠。

其二

又是南山十月中,遍寻陶隐影无踪。
当年采菊东篱下,惟见棵棵不老松。

其三

江南美景胜天堂,人说天堂数苏杭。
雕饰苏杭无竹海,天堂山水在溧阳。

其四

天目清澄赛太湖,南山竹海世称无。
更添生态和谐趣,美景四时胜越吴。

其五

浪逐轻舟入画图,人随月影几沉浮。
清澄最是满湖水,镜里蓝天有若无。

2006.11.18 随通达学院全体员工游溧阳南山天目湖而作

天目湖望湖岭山庄

汇雨南山麓,聚风竹海边。

停云天目湖,布雾山峰巅。

饮露青松下,餐霜玉佛前。

邀月共举杯,挽日同把盏。

2006.11.18

中岳嵩山登封

嵩山中岳蕴古城,唐代武皇赐登封。

太少启母汉三阙,元古中新地五层。

龙山裴李文明始,儒道圣佛教化宗。

天下功夫祖庭在,人文自然铸美名。

2007.5.27

游香泉湖

登峰彩虹外,绝岭白云边。

阡陌纵横道,田畴锦绣园。

一湖环山绕,三岛浮玉点。①

赛过天堂美,诱仙下凡间。②

注:①一湖即香泉湖,环山而绕形成五大山峰:泉山、狮子山、观音山、小团山、宝屏山。湖中有三岛:桃花岛、桂花岛和白鹭岛。宛如浮玉点缀湖面。②传说此处即为七仙女下凡之地。

2006.11.26

七绝·游宜兴善卷洞

青山郁郁蔽蓝天,峭壁凌空生紫烟。
白练高悬银汉落,直飞洞府碧渊潭。

2007.8.21

七律·赴日本考察旅游

大江跨海接东瀛,带水一衣文脉通。
东渡先贤图国盛,西侵倭寇害苍生。
今来我辈传高谊,后继晚生续厚情。
前车不忘当明鉴,世代和平携手擎。

2007.8.11 晚于日本东京新宿

七律·游日本东京皇居和国会议事堂有感

高墙深水两桥连,庭院森森几经年。
堂外怎知腾热浪,宫中只管学耕田。
凄惨夫妇相依命,信势党朋忙争权。
明治共和如若建,雅子何惧女和男。

注:日本皇居外有护城河,由外而内需经石桥和铁桥方可到达宫门。余游之日,日本全国正值高温酷暑,据电视报道有数人当日中暑而死。另外日本内阁争权正是白热化,如同夏日热浪席卷全国。而天皇夫妇怎知这许多,只知在宫内学种田。整个皇居仅为二人生活就安排两千多人服务。其女儿嫁于平民成为老百姓,皇子、皇妃均在宫外居住。据日本宪法规定,天皇只能由皇家的后代男性继承。然而,当今的皇妃雅子年龄将近五十只生有女儿,整日为此忧郁,现已病得很重,此乃日本国体政体之大不幸也。

2007.8.12 于日本东京

游日本京都平安神宫

京都本古城,神赐平安宫。
开门好威武,祭酒赖苍生。

2007.8.13 午于日本京都

游日本京都金阁寺

将军名义满,法号本鹿苑。
建造北山殿,始创相国禅。
金阁供舍利,极乐现人间。
不动明王佛,弘法大师传。
人们广祭奉,灵验保平安。
中日邦交地,文化作贡献。
我辈今祈祷,友谊万万年。

2007.8.13 于日本京都

游日本大阪城古城

大阪城中城,因城而闻名。
何故嫌城小,无端动刀兵。
和汉互修好,东泊传文明。
佛儒道并存,古今共相容。

2007.8.14 于日本大阪

游日本奈良国家公园

日本都奈良,古风效大唐。
佛祖祐长安,梅鹿呈吉祥。
鉴真六东渡,思诚一世扬。
文化属人类,正道历沧桑。

2007.8.14 于日本古都奈良国家公园

重游溧阳天目湖南山竹海

余今和资产与实验室管理处暨后勤管理处考察团重游天目湖南山竹海,再登吴越第一峰。有感偶成。

其一

梦幻南山韵,天堂竹海情。
身心三界越,仙境超然行。

其二

崖青林翠半边晴,云罩雾锁吴越峰。
青竹万竿天地立,志存亮节与高风。

2007.8.21

五律·游记南邮眼镜湖

幽梦荷塘早,樟梧已韵深。
回廊滴冷翠,曲泾蕴青云。
香暗绕千树,草轻烘一春。
红楼成倒影,疑是碧瑶临。

2007.9.22 午

五绝·又游南邮眼镜湖

风轻波未惊,深水卧蛟龙。
雷雨适时至,翻江巨浪涌。

2007.9.26 晚

武陵源

山明水净胜武陵，风物迤逦留美名。
三闾泛舟兰芷咏，五柳赋诗桃源行。
鲁直岳阳先一笑，梦得朗州书豪情。
最羡摩诘辋川雨，更爱半山居南京。

2007.12.15 晚

五绝·游天目湖遇雨

余幸与君晚游天目湖山水园，见嫩柳婀娜多姿，春水暗动，默默涌流，一阵烟雨过后，更加意欲朦胧，满湖美景尽收心动，随成。

嫩柳意朦胧，春波默默涌。
一番烟雨过，犹在九霄宫。

2008.3.22 晚于天目湖静泊山庄

七绝·春日游江

偷得半日坐江边，云淡风轻心意闲。
游客不知余乐趣，匆匆来去怎成仙。

2008.3.30 于滨江公园

南京风景二首

其一 栖霞

第一金陵明秀山，栖霞风景胜江南。
古寺石佛三论宗，碧云红叶丛林染。

凤翔始皇归江处,天开乾隆御花园。
畅观明月青峰剑,太虚叠浪白乳泉。

2008.3.30 晚

其二　汤山风景

不解之谜六百年,大明文化映眼前。
阳山怪石造碑材,颐尚温泉在汤山。

2008.3.30 晚

五绝·嘉兴西塘古镇

嘉兴藏古镇,胥水汉唐风。
今日沐遗韵,涵明又蕴清。

2008.6.28 晚于嘉兴西塘

嘉兴南湖四首

2008年6月28日理学院组织活动参观嘉兴南湖革命纪念馆,余兴致之至以诗言志。

其一

北国传来十月风,南湖扬启万年程。
楼台烟雨开宏业,革命赢得华夏红。

其二

身披烟雨上楼台,拂绪微风满襟怀。
渔舫犹闻惊世语,传薪递火我重来。

其三

九州留胜迹,吴越一楼台。
话语潋风动,分烟紫气来。

其四

揽秀南湖烟雨楼,清波绿水小瀛洲。
轻风潋动可人意,紫气缭绕革命舟。

七绝·湖州南浔名镇

——江南第一宅

豪门宅第出南浔,翰墨藏书香古今。
官宦商贾经世事,崇文重教见精神。

2008.6.29 午于湖州

七绝·嘉兴南湖值雨

湖山云罩雾蒙蒙,波绿燕湿鸟相鸣。
又是一番烟雨景,画船犹见旧时踪。

2008.6.28 于嘉兴南湖

五绝·又游天目湖二首

其一

近青远绛黛,宛若步瑶台。
山水佳天目,隔年今又来。

其二

滂沱似倒井，卷雪浪涛涌。
我欲龙峡静，拔剑斩沙龙。

注：天目湖有龙口、龙峡和龙兴三岛，余随摩托罗拉旅游团乘舟游湖，听导游讲解，原来有一沙龙违抗天意作恶于其间，玉帝大怒，斩沙龙为两截，头身抛于此为天目湖的龙口、龙峡，尾弃宜兴化为焦桥。余游于此见水青山黛，紫气缭绕，犹信步于瑶台。登龙兴岛之巅，忽云涌雨至，倾盆滂薄。有感而发。

2008.8.3 午于天目湖龙兴岛

再游天目湖南山竹海三首

其一

抱石倚山秀翠耸，婆娑姿态万情种。
峡崎两险一泓静，镶嵌崇山峻岭中。

其二

竹海微风静，惟蝉幽谷鸣。
雨敲高节处，又响读书声。

其三

阡陌迷云雾，茅蓬绕紫烟。
居高方醒悟，仙界在人间。

注：传说天目湖南山竹海原有一书院，后历经沧桑，今已不复存在。然但凡风雨潇潇，雨打竹节，仍能闻有读书之声。

2008.8.4

五绝·游临安八百里彭祖遗迹

只身经五代，一梦八千载。
沧海桑田后，帷台满绿苔。

2008.8.15

游浙西大龙湾

龙湾十八湾，一湾一层天。
偷天银汉泻，迷穴龙井源。
悬崖抛素练，静泓捧碧潭。
云起浑无迹，风来玉珠散。
剑女风姿绰，飞龙气宇轩。
琴鸣深谷幽，竹韵悠悠远。
虎啸高峡撼，龙吟轰轰颤。
青山倒清溪，白驹入乌渊。
随影追声去，拾级步天滩。
揽彻天池水，撒露布人间。
潇洒天庭日，何问一世年。

2008.8.16

游武夷山一组

龙川大峡谷

东来龙大岗，西侧狮子山。
石异谷幽壁，树奇水碧潭。
涛声惊日月，玉带落云天。
客贪清心赏，斜阳已忘还。

2008.10.31 于武夷山世纪桃源大酒店

玉龙谷

银汉泻霄重,凌空飞玉龙。
随风狂作雨,映日乐成虹。
舞雪心冰洁,撒珠体晶莹。
飘然天地阔,意蕴韵无穷。

2008.11.1 于武夷山世纪桃源大酒店

大王峰

巍势大王峰,超凡造化功。
巍峨天地帽,惟我武夷雄。

2008.11.3 于武夷山至南京的列车上

游南京八卦洲二首

其一

八卦洲头翠三台,吴江楚水自此开。
千年风雨随云去,万里河山入眼来。

2008.11.29 晚于南京八卦洲假日山庄

其二

风和日丽水轻柔,垂钓烹鳞八卦洲。
气顺心平神入境,等闲笑看碧江流。

2008.11.29 晚于南京八卦洲假日酒店

五绝·游泰州有感

舞凤腾蛟地,紫霞和气天。
河清流古韵,船快挂锦帆。

2008.12.1 随省民盟专委会调研考察团于泰州会宾楼宾馆

五绝·游姜堰溱湖国家湿地公园

十里溱潼水,千帆竞技游。
烟波云雾里,船会更风流。

2008.12.2 于姜堰溱湖湿地公园船上观会船节音像

七绝·冬日又游天目湖南山竹海

层层翠竹层层韵,点点波光点点情。
梦幻态姿可爱意,不分春夏与秋冬。

2008.12.14 于天目湖南山竹海

五律·雨后山行

气润经幽远,云疾天尚旋。
日升雷雨后,风过竹林前。
树静鸟犹闹,峰青瀑更喧。
湎声急步上,神至九霄远。

2009.6.24 午

游重庆

城绕群山秀,山崖矗高楼。
热风人已醉,嘉江水欢流。

2009.7.16 于重庆

七绝·游丰都鬼城有感

善恶终究当有报,鬼门关上走几遭。
阴阳两界本无异,天地九重亦相遥。

2009.7.17 午游丰都鬼城后于江山 11 号游轮 1302 室

七绝·长江观光

彩云红日依然在,犹伴猿鸣鹃泣声。
破浪巨轮游故地,青山座座矗新城。

2009.7.17

五绝·游张飞庙

力扶鼎蜀将,首级落云阳。
千载沧桑后,凭吊帷水长。

2009.7.17 晚

五津·游白帝瞿塘

天下瞿塘雄,夔门锁古城。
石危立崖壁,气寒腾白龙。
三分已费尽,一意毁孤行。
李杜辞别后,几人留美名。

2009.7.18 午于白帝城、瞿塘峡

游小三峡小小三峡

巫山大宁马渡,龙口滴翠巴雾。
激流险滩全无,澄澈高峡平湖。

2009.7.18 晚

七绝·游巫峡神女峰

巫山直壁夕阳斜,峡谷平湖映紫霞。
神女泰然无异羞,长江万里皆为家。

2009.7.18 晚于江山 11 号

七绝·游西陵峡

百里西陵气吞楚，高峡今日出平湖。
奇峰险峻无绝处，江映红霞滚万珠。

2009.7.18 晚于江山 11 号

七绝·夜泊巴东九畹溪遇雨

长笛湖阔出三峡，夜泊九畹第一家。
楚雨巴山随客到，君心欲伴走天涯。

2009.7.18 夜于九畹溪

五绝·游秭归九畹溪

离骚千年后，青山依旧容。
龙舟齐跃竞，犹唤弟平声。

2009.7.19 午于九畹溪三峡库区

七绝·游神农架

神农谷内探仙境，板壁崖前寻野踪。
昂首欲同天上语，放声已振九霄宫。

2009.7.20 于神农架

游三峡大坝

伟哉创大业，华夏举世惊。
欲穷楚天舒，更上坛子岭。

2009.7.19 夜

七绝·游武当山观日食

雾色苍茫锁险峰,乱云飞渡客欢腾。
乾坤日月恰成线,占尽此时万载逢。

2009.7.22 于武当山金顶

七绝·游武汉黄鹤楼

故人桔色画黄鹤,何必空余黄鹤楼?
正是彩虹云断雨,仍引骚客对江愁。

2009.7.23 于武汉黄鹤楼

五绝·游呼伦贝尔大草原

蓝天嵌白云,绿海衬羊群。
跨马驰千里,放歌震九垠。

2009.7.27 夜

七绝·游金汗帐

草原万里山河在,烈酒奶茶依旧醇。
汗帐搁戟长咏调,谁为放箭射雕人。

2009.7.27 于海拉尔金汗帐

七绝·游呼伦湖二首

其一

草原碧海传佳话,贝尔呼伦本一家。
正道沧桑千载后,携手播撒日光华。

其二

沧海茫茫连地天,茵茵岸草语声欢。
泛舟放荡心已醉,不记当年育大汗。

2009.7.28 于满洲里达赉诺尔呼伦湖

游满洲里国门

国门壮国威,今日谁怕谁!
永雪百年恨,试看华夏晖。

2009.7.28 于满洲里

游黑河瑷晖陈列馆

落后就挨打,富强便称雄。
试看今日狮,永胜北极熊。

2009.7.29 于黑河

五绝·游黑河五大连池石海滩

石海浪汹涌,静无涛啸声。
今观千载韵,神化令天惊。

2009.7.29 于五大连池青年大酒店

五绝·游黑河五大连池大黑山火山口

天犁翻石田,地火化溶岩。
雨霁黑山秀,神奇百万年。

2009.7.30 于五大连池黑山

参观黑河学院有感

小中有大寸亦长,特色创新树北疆。
因地制宜避己短,中俄交互学科扬。

2009.7.31

游吉林松花湖

游艇注来春浪碧,松湖无有夏暑炎。
琼花玉树名华夏,琦色美景胜江南。

2009.8.1

七绝·游长白山天池

山白池青锁雾中,乱云飞过露芳容。
天生地造神仙化,无限风光在险峰。

2009.8.3 于吉林长白山天池

游大连旅顺口电岩炮台与老虎尾军港

保卫海疆四十年,军港故地换新颜。
豪情满怀歌一曲,明日再上三重天。

2009.8.5 晚于旅顺

七绝·采石矶

金牛出渚凌绝壁,扼据天门水湍急。
不是诗仙捉月去,何来天下誉名矶。

2010.5.1

常州三首

其一

三城三河吴中龙,大气婉约古韵风。
二仙泊舟遗佳话,三杰离乡传英名。
古邑让国家声远,现代繁华血脉通。
美拓良畴阡陌绣,人文俊彩话延陵。

2010.5.22 夜于常州武进假日酒店 6523 房间

其二

北枕长江南濒湖,置身三角璨若珠。
星罗棋布科教市,纵贯横连邑邦都。
发展创新主旋奏,民生绿色和弦促。
龙城古韵今胜昔,图画风情贯三吴。

2010.5.23 晨于常州武进假日酒店 6533 房间

其三

红梅春晓阑珊处,坡仙舣舟留古亭。
亭送尘缘已尽梦,梦断红楼不了情。
名都天宁千古寺,昏君国亡一离宫。
悠悠岁月沧桑后,喜看三吴龙虎行。

2010.5.25 于常州至南京大巴车

常州和合轩留青竹刻

齐福和合轩,千秋技艺传。
皮内动刀功,骨上展画卷。
留青竹刻韵,泛红雅秀娟。
中华一奇绝,尺寸文化涵。

2010.5.23 于常州至南京大巴车

五律·游洞口

湘黔古驿站,饮誉雪峰山。
通溪凉野竹,入户鸣秋泉。
文史博物地,宗祠荟萃馆。
一时天地小,惟有洞口宽。

2010.7.20

洞口半山水库

贺仙居前半山寺,晚霞岩上一平湖。
青山着意迎客到,绿水随心捧玉出。

2010.7.22

长相思·灵渠游

湘水流,漓水流,
流到灵渠南北陆。
江山千古留。

思悠悠,意悠悠,
意到归时更未休。
沧桑几人游。

2010.7.28

七律·登岳阳楼

湖山结下半生情,酷暑驱车游洞庭。
气畅临风惟岛秀,波平落日满江红。
目极湘月八千里,胸纳楚山三万重。
谁赞乾坤图画好,一楼文章我居中。

2010.7.29

五绝·游南京总统府、太平天国天王府暨清两江总督署

耻辱百年史,擎天几代雄。
斯人已逝去,草木更葱茏。

2011.4.25

七律·重游大别山

一十八年游故地,落花时节到天堂。
杜鹃血啼欲裂肺,斑竹泪流犹断肠。
红色烈烈昭日月,将军熠熠耀邦乡。
喜看奇峻千峰秀,时代高速穿梭忙。

2011.5.7 晚于大别山度假村

五绝·游大别山天堂寨天屏峰二首

其一

江淮分水处,吴楚第一关。
红色染华夏,改地又换天。

其二

天地一屏峰,须臾云雾晴。
好随仙鹤卧,常在阙宫行。

2011.5.7 晚于大别山度假村

参观刘邓大军千里挺进大别山纪念馆

相持突破鲁西南,万人挺进大别山。
运筹帷幄胜千里,逐鹿谈笑定中原。

2011.5.8 晚于大别山度假村

七绝·又游晋祠

又到晋祠十七年,风光山色尚依然。
疏封桐叶成注事,逝水浮云万里烟。

2011.7.20

七绝·游南京小桃园二首

其一

墙边翠柳赖风裁,河岸桃花带水开。
一树暖香人易醉,悠然仙簇梦瑶台。

其二

群芳忍俊我独尊,占尽江南三月春。
不是东风偏爱汝,领先光妍最惹人。

2012.4.4 于南京

游扬州大明寺有感鉴真东渡

鉴真受戒大明僧,东渡履险传津宗。
时历沧桑留佳话,遗迹千载赋美名。

2012.5.27

游扬州茱萸湾

扬州三月艳阳天,清丽古来茱萸湾。
流水护花波有意,风光明秀韵江南。

2012.5.27 于扬州

五绝·扬州印象三首

老景

旧巷老街内,斑驳景致间。
园亭宅院深,湖瘦水悠然。

旧家

十年如一梦,五月亦烟霞。
读过堂前画,方知是旧家。

新路

车动破烟雨,笛鸣路梦圆。
琼花漕运处,天地玉龙旋。

2012.5.27

七绝·扬州瘦西湖

柳垂湖瘦彩虹娆,山小堤长身段娇。
二十四空风月古,红尘不过五亭桥。

2012.5.27 于扬大瘦西湖校区虹桥专家楼

五绝·参观小岗村大包干和现代新农村建设

改革发源地,农村大包干。
而今城镇化,天下又当先。

2014.1.4

七绝·参观小岗村沈浩同志先进事迹陈列馆

六年两任小岗村,三步运筹致富人。
群众动容留血印,口碑民意铸精神。

2014.1.4

五律·游凤阳小岗村和明皇陵有感

明代中都地,改革第一城。
鼓楼留帝迹,神道接皇陵。
何以脱贫帽,惟凭结血盟。
浩碑民意印,古冢草荒檬。

2014.1.4

怀 古

七绝·镇江怀古

京口山城一水环,六朝古影落樽前。
楚吴铁瓮横江底,甘露招亲成笑谈。

2006.5.14 于镇江

七绝·武夷书院怀朱子

磊落辞官避冷霜,隐屏峰学育贤良。
方塘半亩松含翠,万世儒风昭紫阳。

2008.11.7

奉化溪口千丈崖兼记张学良幽禁处

雪落千丈崖，澄洁奔天涯。
幽禁百年后，成佛笑哈哈。

2009.4.11

奉化溪口雪窦山妙高台有感

晏坐栖雪妙高台，三山五岳梦中来。
眼前峭壁当勒马，可叹二蒋身后哀。

2009.4.11 于奉化溪口蒋氏故居

七律·观《乾隆王朝》叹一代帝王将相

江山弹指兴衰过，一梦百年昌盛知。
月满正当亏月至，花开恰是谢花时。
邀宠幸进成注事，飞短流长话太痴。
最恨股肱促纣孽，可怜忠荩死黄雏。

2006.6.11

观《乾隆王朝》又感

一朝天子一朝臣，古注今来至理真。
新桃已把旧符换，元老何劳倍躬勤。
名就功成归田乐，孤家寡人谬乾坤。
沧桑兴衰平常事，岂有回天挽澜人。

2006.6.15

看三国叹汉灵帝

蜺堕鸡化天下乱,灵帝不灵海内怨。
缺德少政不修身,近侯宠巧疏忠贤。
不问杨赐春秋谶,制罪蔡邕周书言。
常侍父母执朝政,宫闱府第重赋敛。

2006.6.25

看三国赞黄巾起义

苍天已死黄天立,岁在甲子天下吉。
以道为念代天化,普救世人心不异。
中黄太乙万方令,均等太平八州一。
殊不畏死视如归,父兄歼殪子弟起。
朝野崩离无一统,纲纪文章荡然矣。
可怜不识隐瞒相,宦教断送起义旗。

2006.6.25

看三国叹军阀混战诸侯割据生灵涂炭

侯非侯,王非王,千乘万骑走北邙。
阉宦弄权民涂炭,帝王废立国无常。
积尸盈路悲惨景,饿狼当道搜牢藏。
谁能匡复志伊尹,惟有治乱才霍光。

2006.6.25

游四川读巴蜀历史有感三首

其一　四川天彭牡丹与丹景山佛教圣地

洛阳不是是天彭,牡丹一样傲春风。
天香酣酒朝朝醉,国色染衣夜夜成。
万艳庭中独富贵,一佛天下惟丹景。
任凭清气林间溢,绚烂色光漫山岭。

其二　古蜀道白马雄关怀古

秦岭连云锁八百,益州沃野开千里。
山险小泾容车马,车骑大军卷旌旗。
凤雏三策功高寡,卧龙六出死后已。
兴衰沧桑烟硝过,惟留墓祠怅矣矣。

其三　阆中悼翼德

山环绿水水绕城,因有翼德古城名。
天府蚕桑归桓侯,巴蜀绫罗荣帝卿。
雷霆一声断桥头,身躯无首葬阆中。
自古英雄无憾事,留给后人话平生。

2006.7.22 夜于成都白芙蓉宾馆

七绝·吊霸王祠二首

其一

英年称霸势如虹,气贯三军一世雄。
垓下沽名千古恨,空留不悬过江东。

其二

依旧青山色未衰,长江滚滚去难回。
纵然能逆时空转,霸上鸿门怎再来?

注:此首为和王安石吊项羽霸王祠诗:"百战疲劳壮士哀,中原一败势难回。江东子弟今犹在,愿随君王重再来。"之作。

2006.11.26

读范文正公《岳阳楼记》有感

衔山吞水胜无穷,霪雨景明怎关情?
去国怀乡避谗讽,把酒临风应骸形。
岂以物喜先自享,何因己悲后民生?
前贤最赞范文正,我与一道忧乐同。

2007.7.21

七绝·游绍兴鲁迅故居

古城绍兴水灵秀,润育人杰树千秋。
一代文豪民族韵,甘为华夏孺子牛。

2009.4.12 于绍兴

七绝·游清凉山武侯别苑有感

联吴驻马秣陵旁,虎踞龙蟠话帝王。
别苑千年今尚在,几人凭吊忆沧桑。

2009.5.29 晚

镇江怀古

西周宜侯册封地,先秦丹徒没圌山。
百里京江连吴楚,千载西津渡艇船。
东际越国来云航,北边隋苑认树烟。
今日已得五彩虹,喜看长桥架海天。

2011.4.21 于镇江东郊宾馆 8203 房间

读《五代史伶官传序》有感

盛衰何天命,岂非人事因。
忧劳可兴国,逸豫以亡身。
祸患积忽微,智勇惑呢亲。
庄宗天下笑,几时罝伶人。

2011.4.22 上午于镇江东郊宾馆第五会议室

读《六国论》

秦所大欲诸侯患,以土事秦一夕安。
岂非兵惰战不利,盖因赂纣互丧援。
抱薪救火火更旺,侵愈急于奉弥繁。
不战已使胜负判,合纵连横方独完。

2011.4.22 上午于镇江东郊宾馆第五会议室

读《红楼梦》有感

迷情伤心窍,恋物毁自身。
欠命命当还,欠泪泪流尽。
痴迷枉送命,看破遁空门。
红楼终一梦,谁能驻红尘。

2011.5.12 晨

抒 怀

一九七八年七月二十日日记摘抄

　　言行一致　踏踏实实
　　谦虚谨慎　平易近人
　　反浮破满　为人正直
　　　　助人上前

一九七八年七月二十一日日记摘抄

　　阔别家乡整半年，家乡火生大巨变。
　　只怨半年过得快，四化宏图正实现。
　　火车奔驰嫌太慢，眼睛睁大恨不圆。
　　祖国处处似家乡，日新月异山河艳。

一九七八年九月五日日记摘抄

　　独立自学苦钻研，勤学好问当本钱。
　　充分利用寸光阴，分秒必争挤时间。
　　一丝不苟求认真，攻破难关赖苦干。
　　自此立下鸿鹄志，奋起奔向二千年。

儿属中华万万人

　　时近春暮人更眠，游子勤梦思故园。
　　昨夜已惜慈母泪，今日又见姊妹颜。
　　急让春鸟传音信，莫教亲人常挂念。
　　儿属中华万万人，个个情同手足般。

　　　　　　　　　　　　　1982 年春

七绝·春夜月明花暗香

1982年余大学毕业留淮北煤炭师范学院工作,是年春,农历三月十五夜,月光如洗,校园内百花盛开,趁月光随风暗送幽香,入夜朦胧。随手取枕边《唐宋诗词探胜》翻阅王维《九月九日忆山东兄弟》有感,效此偶成一首。

春夜月明花暗香,香催小梦梦家乡。
对月赏花沽酒叙,忪空一凳父身旁。

2006.4.22 抄自《唐宋诗词探胜》笔录

七律·不悔三首

其一

漫漫人生已百半,注昔回目自知君。
英风才气倾人倒,质正德纯至朴真。
稚嫩顽愚心逸趣,癫狂喜怒月风尘。
挽天昂首同遨世,功过是非诗后人。

其二

不辍耕耘寒暑苦,孜孜求索倍艰辛。
博闻广见总觉浅,开洞起塞方悟新。
陶冶性情整世事,洗涤心智四时勤。
青春渐老人没老,退色韶华志尚存。

其三

潇洒豪情傲骨身,清廉自负赤子心。
花间散步性情在,歌中漫舞质朴存。
功成名就偿宏愿,子孝妻贤享天伦。
亮节高风吾辈事,气杀献媚势利人。

2006.5.5

香傲苦寒

读唐高蟾《上高侍郎》①有感,随其意得之②。

碧桃露种在天上,红杏云栽依日边。
未有东风谁为放,雪梅傲骨沁香寒。

注:① 唐高蟾《上高侍郎》诗云:
　　　　天上碧桃和露种,日边红杏倚云栽。
　　　　芙蓉生在秋江上,不向东风怨未开。
② 这里对碧桃、红杏生的高贵但要凭借东风有蔑视之意,哪像腊梅花香四溢、傲雪怒放是人之骨气也。

2006.5.5

读《礼记·学记》有感①

嘉肴食旨味,至道从其善。
学后知不足,不足能自反。
教而方晓困,晓困便自勉。
教学并相长,此谓敩学半。②

注:①《礼记·学记》云:虽有嘉肴,弗食不知其旨也;虽有至道,弗学不知其善也。是故学然后知不足,故然后知困。知不足,然后能自反也;知困,然后能自强也。故曰教学相长也。《兑命》曰:"学学半,其此之谓乎!"②《尚书·说命》有"敩"音xiao(效),即教也。这是说教人只居学之半。因为不论自学或教人都是在学。《礼记》都将《说命》引作《兑命》。将"敩学半"引作学学半。

2006.5.9深夜

七律·和桑竹子无题

沧桑历变总关情,世外桃源怎静耕。
户外千花齐斗艳,山中百鸟共争鸣。
人民利益假呼叫,自我廉洁空话行。
坐视岂为吾辈事,不除奸佞不留声。

注： 桑竹子无题原诗
浮沉谁主不关情，世外桃源默默耕。
水岸群花空怒放，林间杂鸟空争鸣。
随风顺水悬帆驶，蹈矩循规吊眼行。
切问诸君天下事，床前惟有读书声。

2006.6.2

无题二首

其一

艺压群芳勿独秀，势贯群雄赖众力。
水可载舟亦覆舟，宏愿成就顺民意。

其二

处处用心处处警，时时执着时时明。
勇者不惧事诤臣，智者不惑表忠诚。

2006.6.1

五绝·无题

举国尽欢颜，生机被风峦。
木积荫草翠，流水碧原鲜。

2006.7.26

五律·无题

学问倍潜心，闭门静修身。
功名如粪土，富贵视浮云。
俗子步仙界，凡夫变圣人。
若遂经世志，惊天泣鬼神。

2006.6.1

无 题

星移斗转乾坤动,人事更迭古注来。
气正风清随民意,镜明烛照选良才。①
毛遂只因勇善荐,②昭王无需筑金台。③
精忠报国平生愿,④不劳三顾庐自开。⑤

注:① 喜逢地方党委政府换届,中央指出要营造风清气正的环境。恰时,学校首次公开招聘中层干部,且频荐促余应聘,余倍感愉悦,欣然报名,而得此篇,以记之。②《史记·平原君传》记载:毛遂和食客十九人跟从赵国平原君到楚国,准备游说楚昭王合纵抗秦,由于毛遂能言善辩,终于说服了楚昭王。故有成语毛遂自荐。③ 金台又称黄金台,故址在河北省易县东南,相传为战国时燕昭王所筑。他曾在台上置千金,以招揽天下贤士,故名。本句取这一故事之反意,无需招揽而自来。④ 精忠报国为岳飞的故事。⑤ 三顾茅庐为刘备三请诸葛亮的故事。

2006.6.6

五津·无题

忍看旧殿基,又散一盘棋。
点点鸦争照,离离草相挤。
红墙通内短,玉柱对衙欹。
感叹平庸辈,互煎又太急。

2006.6.11

五津·自嘲

静性泊名利,淡心情自昂。
咏吟习国粹,技艺效中洋。
据典论今古,引经说短长。
愚才兼鲁质,勤勉伴荒唐。

2006.6.11

七律·偶感

荣辱心惊已去远，淡名泊利是当前。
启蒙稚嫩强涂画，晓事陈迂乱咏篇。
惟慎万端经历练，为狂一刻便少年。
阳光最喜普天照，更爱清辉寰宇满。

2006.6.24

七律·偶感

春风吹絮转东西，夏水浮萍根少基。
秋叶霜枯频飘落，冬鸿寒爪雪飞泥。
悠悠岁月多惆怅，漫漫人生无止期。
历历梦莹情不尽，迢迢千里路光熹。

2006.6.28

七律·步刘禹锡酬乐天原韵

余自1978年就学于淮北煤师院，直到2003年调离，前后共二十五年，人生的壮丽年华尽洒于此。今吟刘禹锡酬乐天扬州初逢席上见赠，浮想联翩，随步其原韵而意味有所不同得一首。

相山渠水故原地，二十五年捐自身。
笛赋空闻吟念旧，他乡更似烂柯人。
碧波江上千帆竞，绿树枝头万象春。
一曲高歌情未尽，风流潇洒倍精神。

2006.10.4 于江宁

七律·遥寄郜

前年花里与君别,今日花开又一年。
世事茫茫难预料,秋愁黯黯不成眠。
家荣宅阔思乡里,身老志坚斥锈钱。
想念当年常相问,长江淮水几时连。

2006.10.18 夜

无题

北斗阑干月参横,寂寞空庭独自吟。
朱丝绳直终生志,玉壶冰清一片心。

2006.10.24 夜

七绝·和杜牧赠渔父

严寒酷暑四经纶,日月朝夕又一春。
谁说孤舟江雪伴,油清举世皆醒人。

注:杜牧《赠渔父》原诗:"芦花深泽静垂纶,月夕烟朝几十春。自说孤舟寒水畔,不曾逢著独醒人。"

2007.1.5

七绝·书斋自乐

书斋常理净无痕,茂盛芝兰手自勤。
正气一身超圣道,清风两袖脱凡尘。

2007.1.14 晚

七绝·无题

吟哦俯仰君子气,谈吐坦荡儒雅风。
耕笔耘舌评世事,恬心静意话平生。

2007.1.26 于南京凤凰台

五绝·无题

锄田为保墒，浇水润滋长。
没有粪泥臭，哪来菽稻香。

2007.2.4 于芜湖火龙岗

七绝·无题二首

其一

身舍功名轻似燕，胸无芥蒂阔如天。
清心寡欲少羁绊，万物和谐皆自然。

其二

人在仕途心向山，身为食没意清闲。
何妨优异不尖仕，成败辱荣皆坦然。

2007.4.15

七律·自嘲

词赋倾心泻魄来，犹邀仙乐唱瑶台。
浩茫心事思民富，慷慨华章颂运乖。
万里河山舒醉眼，千年青史动吟怀。
豪情永寄春秋笔，铺展云霞锦绣裁。

2007.5.15

无题

授业传道育英贤，兼并包容顺自然。
教授风姿帮后学，人才高地助前瞻。
云舒千鹤云祥瑞，海纳百川海阔宽。
大展宏图书画卷，风流还看续新篇。

2007.5.29

七绝·自慰

凌空羽絮自无力，坠地玉金原有声。
退避只能身受累，光明方寸映苍穹。

2007.8.30

无题二首

其一

松韵世情静，菊英尘意疏。
清辉明海月，白首卧山谷。

其二

气爽风清秋夜凉，当空皓月照前窗。
缭绕百事不成寐，慢咏新诗入梦乡。

2007.8.30 晚

七绝·偶成

风逐白浪花千片，雁击青空字一行。
天际蛟龙何有异，人中骏马任开张。

2007.9.2 晚

七绝·无题

欲同流俗终违道，不惧人言自信天。
浩气千秋光日月，丹心一片壮河山。

2007.9.25 中秋之夜

气之歌

霸气持业匪气强，豪侠义气爽直昂。
入神仙气脱俗气，正气浩然天地长。

2007.9.29 晚

七绝·无题

出世哪比经世难，藕藏泥下水浮莲。
真空水月几人晓，文理仕途机在禅。

2007.10.14

七绝·无题

人随岁月渐成翁，脱去旧皮方觉轻。
风雨飘流云散后，红霞万朵正天晴。

2007.11.5

五绝·遥寄淮北煤师院诸友

时值煤师院又接受教育部本科教学工作水平评估，今天结束，不知结果。随成绝句一首以念之。

千里故园隔，休戚总相关。
评估今又至，何若是当年。

2007.11.17 于南京

无 题

梦中美景幻虚成,花舞缤纷正凋英。
落日融金将没灭,繁华似锦始飘零。

2007.11.17

七律·自慰①

三十二年如梦中,粉灰伴舞鬓霜浓。
西融中贯随神到,旁证博引任意行。
兴会淋漓播学理,音容并茂赋实情。
心勤竭智李桃硕,遍地英雄共和声。②

注:① 余三十二年前(1976年初)开始教师生涯,现已两鬓斑白,人生过半,至知天命之年,感慨颇多,随意而成。② 最近有不少学生从世界各地打来电话、发来邮件短信问候,或让余作推荐。欣喜之。

2007.11.16 于仙林

七律·不惑十年

稳实缜密促改革,严谨精审著锦章。
平易近人行世事,虚怀若谷对炎凉。
有忧有乐情浓重,无憾无悔义隽长。
经历世间千万路,少年心在履如常。

注:余自1993年任领导职务,1997年任正处级主持工作,历任数个职位,参与多次改革,业务蒸蒸日上。在不惑的十年中经历多多,感慨多多。但至今不悔,随感而发,以言志。

2007.11.18 晚

七绝·江岸抒怀

沉浮日月乾坤动,涨落春秋波浪悠。
文章岂能名著就,为官老病应该休。

2007.12.15

仕而当读书

仕而优秀应读书,常恨绛灌与随陆。
多务帷文大脾益,无知一物深耻辱。
孟德伏枥学到老,寇公横溢晓不足。
吕蒙折节千古颂,三日刮目更当殊。

2008.1.22 夜

砀城偶成

千年茫砀城,淳朴古民风。
新赋和谐意,何人忆沛公。

2008.2.6 于砀城

戊子年短信拜年贺词

雪原腾瑞气,绿水荡春风。
华夏和谐韵,神州舞玉龙。

2008.2.6 戊子年除夕于砀山

书 痴

品味书气经日长,鸿儒交接更成狂。
耽玩典籍寝食废,济世安邦赖墨香。

2008.3.8

无 题

有食刀汤近,无粮天地宽。
野鹤凌空翱,闲云任舒展。

2008.3.11 晚于仙林

读老子人格思想

少私寡欲素抱扑,专气至柔玄览除。
水韧戒刚贵谦让,大直若曲锋不露。
知人为智自知明,自胜乃强知足富。
圣人悟道天下式,以德报怨怀虚谷。

2008.3.11 晚于仙林

七绝·无题

欲从凡界入仙界,姑且短时停一程。
暴雨倾盆经洗礼,狂风卷地任横行。

2008.3.14

残缺美

岁月留痕任意辅,缺残锦绣半页无。
生辣老道归何处,独运匠心难相符。

2008.3.16

自明

受性刚且褊,黑白太分明。
不知合时宜,甚难以处众。

2008.3.16

无题

锦心锦口锦诗文,意象意绪意境深。
过目涓涓溪水画,入耳盈盈牧笛音。

2008.4.12

无 题

狂逐繁华不问伦,岂能谋富不谋身。
诗得日暮东风尽,流水落花更杀人。

2008.4.16

无 题

朝菌难晦朔,蟪蛄无春秋。
盛世当久治,俗士不可留。

2008.4.18

无 题

称誉道桓述汤武,勿少仲尼轻伯夷。
慎始敬终恍懈怠,智者尽谋竭其力。

2008.7.2 晚

无 题

挥剑开烟云,举手托金轮。
精神扬天地,胸襟纳乾坤。

2008.9.24

七律·归隐

五云岘上访高士,白鹤传书飞下天。
笔笔墨毫真洒落,章章探密有奇篇。
长揖不官居茅舍,拂袖归隐飘岚峦。
藤萝同欢去金马,桂树相思青霄端。

2008.7.15

无题

今人不争古人争，合乎古法更新颖。
纵横驰骋随心欲，刚柔挺拔任意行。
缕缕虚丝笔毫化，轻轻清水纸墨融。
曲中还直精神在，圆极便与春秋通。

2008.4.25

乘机由桂至宁示儿

接天水万顷，连树峦千重。
辞桂云还白，到吴山正青。
美人恐迟暮，华发易凋零。
学艺趁年少，攻关在险峰。
挥戈会有日，彩石映碧空。

2008.9.11 于桂林至宁 CZ3235 航班

潜行

韶发去已远，朱颜不可留。
慌忙离朝歌，急匆躲一隅。
闲云任舒展，野鹤随傲游。
千载笑子房，亘古谁自救？

2008.9.15 夜

无题

度尽劫波情意在，相逢一笑景如初。
聚欢盛宴终须散，身未飘逸名已火。

2008.10.15 于南京

无 题

芳草年年绿，物华岁岁新。
千载采遗韵，百世收阙文。
已披谢朝露，未振启夕沉。
须臾抚天地，一瞬观古今。

2008.11.7

七绝·无题

千道霞光柳万丝，东风江上挂帆时。
舒心家国无穷意，绿树青山总相知。

2008.11.20 于南京

七绝·无题二首

其一

别来淮上五经秋，刀剪大江水更流。
闲梦连床闻旧雨，夜船笛韵又高楼。

2008.12.6 于南京

其二

卅年高校伴春开，天马九州蹴踏来。
雷电风云成旧事，沧桑弹指更楼台。

2008.12.6 于南京

七绝·无题二首

其一

有因名利升沉变，无端祸福昼夜更。
尽白须发实事任，病疴济世仍童声。

其二

青山座座郁森森,亿万浮云绕古今。
随你横看侧视后,是峰是岭任人心。

2009.2.16 晚

无 题

虚能引和静生悟,仰以察古俯观今。
千态世事浮过眼,万象人间无在心。

2009.4.26

感怀五首

其一

洗耳淇溪畔,采菊竹篱边。
江清人月近,新雨辋川鲜。

其二

白首穷经日,青山养老时。
悟浔儒释道,言蔽思无之。

其三

不做终南捷泾客,愿为野老种桃人。
尚流稷契当年血,何问位居几品身。

2009.5.22 晚

其四

南北注来添岁华,此心安处是吾家。
凄风疾雨帷诚笃,回首溅沾万里霞。

2009.6.6 晚

其五

春宵风喜暖，夏暑气求凉。
岁岁常年事，平生帷梦长。

2009.6.7 晨

七绝·居高教新村家中眺望抒怀

彩云叠翠垫楼台，排达三山眼界开。
伸臂摘星揽日月，推窗放进大江来。

2009.5.28 晚

五绝·无题

秉公执己见，持重受恭言。
一旦敬从远，千年叹崔琰。

2010.2.2 于南京

七绝·相思

别意离情帷自知，灯明人静披裳时。
寄风托月总常送，雪地枯枝满相思。

2010.2.3

无题

优良基因传血脉，寒素家风承祖钵。
蕴蕴书香成荫育，为官实易损品格。

2010.3.27

无 题

吟诗坐太久,疏簾下玉钩。
小阁烹香茗,月转晚雨楼。

2010.8.4

七绝·自慰

人生何处是逍遥,随遇而安任我豪。
花好月圆常应验,心无滞碍品洁高。

2011.1.15 于南京

七绝·无题

天涯贵贱神难测,咫尺纤毫指了如。
亲近斥责生爱语,外远敬畏隔云途。

2011.2.15 于南京

无 题

聪明深察招杀祸,博辩广大危其身。
吾丧我时赤诚见,毋以有己当为人。

2011.4.10 病中于南京

无 题

天地何一瞬,物我皆无尽。
江风共山月,声色取无禁。

2011.4.23

无　题

来者济济多杰士，后继生生更攘熙。
低俗千种莫附靠，红尘万丈勿沉迷。
外王适用磨锋刃，内圣恒守练毅力。
滚滚长江已逝水，翩翩雏凤侍威仪。

2011.4.14

七绝·感怀

祝国江山入画图，民生和顺乐樵苏。
劝君莫话浮云事，一派景形何世如。

2011.5.12 晚

自　趣

纸宣笔劲酒亦浓，凭醉微醺运力行。
无意得来墨淡就，有情挥杏浑然成。

2012.4.12 于南京

七绝·无题

暴雨消暑成旧事，天高云淡正秋时。
波平树静未风止，寒气涌流尚不知。

2013.9.4

七绝·无题

又是新亭挥泪客，乱分春色到谁家。
斜阳烟柳断肠处，冉冉碧云逗晚霞。

2014.1.17

其他

血染的义旗

看——
北宋末年——
一面农民起义的大旗,
伴随黄泥岗上的一场暴动,
在山东烟水寨
揭竿而起——
它,揭开了梁山起义的序幕,
它,记下了梁山起义的传记——

听——
梁山泊上——
起义军大旗哗哗作响,
这声音,唤起了百万起义战士,
这声音,招来了无数英雄豪杰。
练兵场上——
杀声震天动地!
聚义厅前——
起义英雄聚集。

可是——
所向无敌浩浩荡荡的起义大军,
为什么旗偃古息?
威震皇府轰轰烈烈的农民革命,

为什么半途而废？
起义英雄为何遭害？
革命义旗为何落地？

怨天吗？
否！
更不怨地！
托塔天王早归天，
喜坏了呼群保义。
宋江篡了领导大权，
叛徒霸了头把交椅。
他修正了农民起义的革命路线，
他强行了一条招安的投降主义。
他改聚义厅为忠义堂，
他不反贪官不反皇帝。
他用忠义蒙住革命者的双眼，
他用招安缚住革命者的双臂。
他一心当官替天行道，
他尽忠天子奴才到底。
招降纳叛排挤革命，
革命旗变为投降旗。
荡涤草寇镇压革命，
起义旗变为保皇旗。
革命英雄奋起反抗，
血染义旗头颅落地。

啊——
梁山举义旗，

你为什么？——
革命旗变为投降旗？
你为什么？——
起义旗变为保皇旗？
就因为——
革命队伍里钻进了叛徒，
在你要杀向东京夺取鸟位之时，
投降派撕下了身上的画皮，
叛徒脱掉了革命者的外衣。

啊——
血染的义旗，
有多少革命英雄
为你惨遭杀害，
无数起义英雄
为你把鲜血凝结在一起。
你记下了——
英雄的誓言，
你记下了——
叛徒的诡计。

啊——
血染的梁山举义旗，
你告诉我们——
一条血的历史经验教训：
革命中要警惕反革命，
革命队伍中要警惕有人叛变投敌。

1975.9.30

联句八十二首

云水风度,松柏气节。

知足常乐,无欺自安。

失意休馁,得势莫狂。

人无信不立,天有日方明。

终身争一息,每事学三思。

1984年在淮北与妻陈兴梅喜结百年伉俪,喜之不胜,成三联。
梅花一枝送冬去,雷鸣数声迎春来。
冬梅点点传香意,春雷震震报真情。
震撼惊声雨留意,浮动幽香梅重情。

无暇人生清如玉,有骨文章灿若仙。

2006.12.21

情为感而发,文由心而生。

2006.12.21

有容纳百川为大,无欲立千仞亦刚。

圣贤立口碑,名臣衡吏治。

2007.9.26

文章光辉昭日月,心胸豁达赛海洋。

为仕勤政爱民知情知敬始家邦终天下,
不仕静心养性亲人亲物善一身济四海。

2007.10.14

神游今古长河内，体悟八极天地间。

抒天地人之感慨，发真善美之心声。

揉得春色酿成酒，剪破雪花赋作诗。

2007.10.21

文章当有生气，贤者自无妄言。

2007.11.13

探精索致习诗作，远慕遐思友古人。

2007.11.17

善言古者合于今，能述远者考于近。

2007.11.23

晴光淑气千峦秀，风正潮平一帆悬。

2007.12.12

事能知足心常惬，人到无求品自高。

三千凤舞祥和地，九五龙飞尧舜天。

2007.12.26

孤鹜落霞姿舞红日，野鹤鸣皋声闻青天。

斗转星移均有数，时变空换皆是缘。

世事短如春梦，人情薄似蝉翼。

云雾山上云雾高，日月楼中日月长。

千草百卉抒灵性，众鸟群虫张精神。

2008.4.25

文以载道，诗以明志。

儒道经玄佛理学，诗书礼乐易春秋。

2008.7.8

为珍品茶楼题联

珍惜一世乐，品味三生香。

2008.7.27

碧水浮月月满水，高楼流云云绕楼。

东西南北风入座，春夏秋冬月登台。

圆月满盈光万丈，空谷寂静蛰无声。

2008.7.29

山映水中水映山，云连地处地连天。

青山湖上湖山青，滴水崖头崖水滴。

2008.8.15 于临安

游南通琅山偶得两联

咸淡江湖甘苦味，冷暖世界炎凉态。

心悟云天外，身居山水间。

2008.11.16 于南通 NT513 商务酒店

掌里乾坤大，心中日月长。

2008.11.26

有意春风梳翠柳，无声夜雨润梅花。

2009.1.14 晚

文章真处来风雨，谈笑深时见性情。

遥看群峰秀，洞悉奥秘深。

2009.3.5

胸蕴经纶志存远，腹酿诗书气更华。

2009.6.17

视通天海极广宇，思接古今达未来。

2009.6.17

春冷嫩寒常锁梦,酒香芳气正袭人。
2009.8.18

思飘九重云天外,诗入五彩山水中。
2009.8.28

鉴注知来训为范,观古明今史谕人。
2009.8.28

诗抒性情千首秀,语出天然万古新。
2009.11.1

行善非因报应,读书岂为功名。
2010.4.25

宠辱有加酣无梦,布蔬半减怀满情。
2010.4.30

神来奇笔走龙蛇,胸出豪气贯乾坤。
2010.5.1

笔下出天地,书中育乾坤。
2010.7.8

好雨一林谁润笔,青山万里我为家。
2010.11.7

瑞雪纷飞银万树,春风曼舞绿千家。
2010.11.7

文载道,诗言志。
2011.1.15

笔落生风雨,诗成振乾坤。
2011.1.15

2011年春节联欢晚会春联答对

其一

千百万个家和,千祥百福万户乐;(之一)
千百万座山绿,千姿百态万峰秀;(之二)
五十六朵花开,五光十色六和春。(闫肃,下联)

其二

百善孝为先,常回家看看;(朱军,上联)
万福和最贵,宜交友多多。(之一)
四季春是首,多出门走走。(之二)

其三

游子吟乡愁,静夜思荷塘月色;(朱军,上联)
渔家傲春望,满江红水调歌头。

其四

虎步腾空去,悄然兔耳听春步;(朱军,上联)
龙歌吟啸来,更待蛇口唱欢歌。

其五

春晚迎春春不晚,(朱军,上联)
水清流水水常清。

2011.2.3 春节

泛黄古卷封尘厚,溢彩真迹遗墨香。

2013.4.13 于南京

长江浪滚待超越,雏凤声清更高飞。

2011.4.14 于南京病榻

绳墨审分文熔意,斧斤斫削词剪裁。

花送香风暖,竹敲翠雨声。

眉睫卷舒风云色,吟咏吐纳珠玉声。

2011.4.21 于镇江东郊宾馆

墨里云烟纸上现,砚中意韵笔尖生。

2011.5.21 于南京

世道繁复,人心忠直。

2011.5.24

放手为事业,裹足慎言行。

2011.5.25

功自心诚到,利从信义来。

2011.6.22

三尺雾开楼阁近,万里日迥烟波长。

2012.4.14

烟波江上含春色,绿树枝头笑暖风。

2012.4.16

雾锁曲江山峦静,烟绕村郭鸡犬鸣。

2012.4.18

窗外瘦西湖水静,席间淮扬菜味浓。

2012.5.27 于扬州瘦西湖

又是一年枫叶赤,焉然万里菊花黄。

2013.10.23

青山泼墨千年画,绿水弄弦万古琴。

2013.10.23

讲台三尺观天地,粉笔一支论古今。

三尺讲台揽日月,一支粉笔定乾坤。

2013.10.23

治平无事实有不测风云,观变不为恐至不可救药。
——赞习近平总书记评苏轼治国策有感而作。

2013.12.25 于南京

呈传统意韵,展现代英姿。
——贺杨振和教授传统与现代艺术作品展。

2013.12.27

回顾昔日改革辉煌,唱响明天伟大梦想。
——为理学院党委群众路线教育实践主题党日活动题。

2014.1.2

偶成诗集二(卷十~卷十三)

偶成诗集卷十

五绝·早春

冬雪梅中尽,春风柳上归。
笼烟山月照,江水绿波溦。

2014.2.8 午后于南京,正月初九初春雪后渐晴弯月高照

2014年甲午春节拜年短信

除夕拜年怕影响您年夜饭的味道,
初一拜年怕影响您与家人过年的热闹,
前几天拜年怕影响您与亲人的欢聚,
今天踏着春的节拍拜年时间最妙。
请春风送上新年的祝福,
托春雨带去真诚的问好!
祝您跃马扬鞭事事得意马蹄疾,
祝您马到成功事业前程分外娇。

2014.2.5 正月初六于南京

联 句

鸠群鸭属宵鸾凤,草芥寒门孕豪雄。

2014.2.21

七言长律·沈括

才气范王伯仲间,辱荣升贬视悠闲。
舍生忘死战群儒,取义护节胜万险。
忧国爱民促改革,守疆辅主震边关。
略筹韬运夺敌塞,词丽诗工驰文坛。
天下州图留后世,梦溪笔录历千年。
创新科学超时代,石油润泽世界瞻。

2014.2.9 晚于南京

联句二首

春寒锁梦不知冷,酒气袭人更觉香。

2014.2.10

落雪压枝成玉树,飞霙润日幻瑶台。

今日又遇夜晚一场大雪,至日出三竿,却依然漫天飞雪、玉树琼花、飞霙漫日,一派琼楼玉宇神仙天界景象矣。

2014.2.13 午

自慰

世事沧桑虚幻形,得失成败更浮名。
体劳外务添新病,心虑内忧引旧疼。
锦缀缠身随火散,青山悦目伴情生。
牢骚远弃健脾肾,风物高瞻养气荣。

2014.2.17 于南京,2014.2.22 修改

春夜喜雨二首

其一

晚来飘雨丝,最早报春时。
润物消寒气,催开花万枝。

其二

润物无言却有情,随风入夜退寒踪。
悄添春色新雷报,换地改天默化中。

2014.2.25

为张良圯桥遇黄石公而作

椎秦报仇只为韩,兵法潜修大任担。
决胜运筹千里外,建功辅帝十年间。
生前酬得凌云志,身后伴以黄石眠。
邳镇圯桥今尚在,英风万世受怀赡。

2014.3.1

无题

热气寒流常相逢,阴晴冷暖自然成。
新雷惊蛰报春到,好雨无声润物生。
功过惟余情与梦,是非莫问利和名。
星移斗转天机定,水绿花开地势行。

2014.3.12

玄武湖

远古桑泊出，燕山造地湖。
龙蟠腾紫气，虎踞起宏图。
灵秀一江水，恩泽六代都。
苍黄风雨后，依旧灿如珠。

2014.3.16 于玄武湖

联句三首

文非以学而能，气宜以养而致。

2014.3.26

山花名不辨，涧叶色才分。
雾里峰形失，云间树影迷。

2014.4.6

参观云岭新四军军部旧址

抗战震江南，军民共苦甘。
同室相煎急，千古一奇冤。

2014.4.12 于云岭

查济印象

人间四月裁，处处百花开。
不信春归去，常回此地来。

2014.4.13 于查济

查济游

宣州查济民居朴，名赋江南第一村。
携雨带风游已醉，更觉桃花潭酒醇。

2014.4.13 于查济

桃花潭

一诗名一潭，千尺深情缘。
古渡踏歌岸，万家风韵传。

2014.4.13 于桃花潭

游桃花潭有感

桃花潭水甚清醇，雨沐风拂更断魂。
接踵登舟争相渡，谁为岸上踏歌人？

2014.4.13 于桃花潭踏歌古岸

读习近平《之江新语》有感四首

批评与自我批评要动真格(2005.4.25)

自病难知识更难，旁观清者宜坦言。
气平语善喜闻过，细雨和风眼界宽。

2014.4.15

一个党员一面旗(2005.4.27)

一个党员一面旗，为民谋利见贤齐。
百千万面旗如海，处处招展举世奇。

2014.4.15

人生本平等，职业无贵贱(2005.4.29)

人生本平等，职业无贵贱。
三百六十行，行行出状元。
简单孕复杂，复杂聚简单。

体脑分工异,社会共创建。
携手筑和谐,一起做贡献。
工农商学兵,处处有典范。
劳动就为尊,荣耀高于天。
善集众人智,梦想定实现。

2014.4.15

做人民群众的贴心人(2005.4.16)

发展理念人为本,执政为民立党公。
群众利益无小事,柴米油盐最关情。

2014.4.16

联句三首

千江有水千江月,万刃无云万刃松。

2014.5.5

山高有助白云上,竹密方宜碧水流。

2014.5.5

燕舞鹃啼新翠处,莺迷蝶恋盛芳时。

2014.5.6

再游寒山寺二首

其一

寒山夜雨历千年,渔火江枫伴客眠。
月落乌啼今不见,钟声依旧在耳边。

其二

枫桥渔火映寒山,吴地已惜三十年。
今日不比当日景,涛声唤醒客心田。

2014.5.10

初到太湖

一堤新柳李花红，百里清波接碧空。
我爱太湖名久远，白鱼河鳗更关情。

2014.5.10

苏州美

正是人间四月天，苏州美景醉心田。
千家梦里枕青岸，万砖苔中浓碧泉。
燕子来时新结社，梨花落后绿染园。
天堂春色真如许，泛水倚桥吴语绵。

2014.5.10

联句一首

黛瓦粉墙存古韵，小桥流水展新姿。

2014.5.11 于苏州陆港古镇

夜宿太湖东山陆巷古村

小楼山野静，高卧北窗风。
头枕太湖水，梦闻吴雨声。
晓晴岚飒飒，古韵意濛濛。
今学赤松子，泛舟四海中。

2014.5.12

太湖东山游

陆巷三朔宰相府，东山百载雕花楼。
太湖深处藏神韵，依旧迎春又送秋。

2014.5.12

赠舒贵生啸风先生

读舒贵生先生《啸风吟》有感而成，以赠贵生先生。

贵在意豪放，生来浩荡情。
啸歌魂若虎，风咏魄如龙。
气贯乾坤外，韵清寰宇中。
长联铺锦绣，虹架起鲲鹏。

2014.5.14 于南京

初夏舒怀

春秋谁义战？三国几纷争？
唐宋康乾世，昌荣看近平。

2014.5.18

联句三首

共处不知天有老，相思始觉海非深。
书似青山常叠翠，诗如绿水永流芳。
花伴书香气自远，美赋诗意韵悠长。

2014.5.21

虞美人

低眉垂首腰干直，只诗绽放向阳时。
倾情半载无言诉，荒野千年先立枝。
艳艳花开悲万代，纤纤曲终恨一词。
几多才俊成追忆，草木何以寄相思。

2014.6.15

夫差与勾践

夫差勾践谁为王?千古雄寇多抑扬。
卧薪尝胆精神在,食髓知味道德丧。
开网纵敌人服舍,继绝兴灭家国亡。
滚滚长江东逝水,一湖两岸渺茫茫。

2014.6.18

和朱凤羽老师2014年梨花节咏怀三首

梨树王

历尽沧桑意韵浓,依然英姿傲春风。
盛名实副梨王树,何待秋霜满目情。

瑶池烟霞

仙境昆仑何有花?人间瑶海起烟霞。
黄河桃李育人美,始信天堂是我家。

鳌头观海

不是北方寒袭来,横空却见雪如海。
百里浪卷欢声语,万朵花捧玉宇台。
天赐琼鳌神仙送,云施紫气艳阳载。
喜看芒砀风歌起,乘兴抒怀宴嬉开。

2014.6.20

无 题

幽然小窗得清静,隐居层林对眉公。
雪夜花朝紫扉内,露晨雨后褐山中。
卧食玉树遣猿送,垂钓瑶池引鹤行。
已是人间奇胜景,何须凡事再逢迎!

2014.6.28

放 言

十年辨认良材用,三日烧出真玉纯。
流水暂时今世景,春山随地故人心。

2014.6.28

利川腾龙洞

俊山掩奇洞,腾龙飞苍穹。
雄胜天地造,巧夺鬼神功。

2014.8.2

恩施女儿会

土家女儿会,会友诉真情。
廪君白虎啸,女神龙船咏。
肉莲湘舞健,八宝铜铃精。
幺妹过河去,瓢子施歌声。

2014.8.2

恩施大峡谷

绝壁千仞峻,清江紫气腾。
天桥连群洞,地缝卧云龙。
一柱香镇谷,双子塔崇峰。
母子恩情深,玉女意韵浓。
七星石林秀,五笔梦花生。
谁识天下险,唯我立崖顶。

2014.8.3

恩施印象

千载一江水,九派接武陵。
地造雄奇谷,天设清凉城。
合纵达海漠,连横贯沪蓉。
最美土家女,龙船唱民风。

2014.8.4

偶成诗集卷十一

坐高铁自宁至京

江河横跨彩虹连,山岳直取金线牵。
浩浩云龙驰大野,凛凛风虎跃平川。
须臾朔漠染楚绿,谈笑秦腔会越言。
行路老来岂有远,辞家治里更无难。

2014.10.28 晚于 D322

重游北京求学故地有感

1984年秋,余来北京求学,今已30年整。今日重游故地,感慨良多,随用毛泽东主席回韶山韵成诗一首,以抒情怀。

追梦依稀三十年,旧踪求索古幽燕。
攻书度步金台上,问道挑灯紫禁边。
不负芳华舒壮志,更教日月换新天。
喜看故苑尽尧舜,霜鬓奋蹄何须鞭。

2014.11.1 于北京南苑宾馆3002房间

乘 G35 高铁

今日全国自北向南晴空万里,秋风一扫雾霾,天地如洗,静若仙境,一派晚秋美好景象。

芦花隐淡月,枫叶醉清霜。
故国宜秋晚,琼宇万里疆。

2014.11.2 于G35次高铁11车13C座

忆 春

水边沙外川,城郭退春寒。
烟里莺声婉,枝头花影阑。
和风织晓梦,丝雨湿朱栏。
不见愁如海,酒残衣带宽。

2014.12.1

第三次重游成都武侯祠和杜甫草堂

频到成都二十年,祠堂风韵胜如前。
三分两表功名著,爽气高秋草木鲜。

老柏斑斑非废料，彩云朵朵又新天。
江流石转山河美，立马再挥逐梦鞭。

2014.12.15

游南京长江湿地生态园

——为南京宿州商会而作

笛送青山外，轮行绿水前。
潮平虹愈阔，风正气犹鲜。
胸纳西岷雪，襟开东海渊。
乡思何若喜，北上故黄边。

联句一首

桃花轻薄逐流水，柳絮癫狂舞暖风。

2015.1.11

游三亚亚龙湾森林公园

巨榕葱葱绕古藤，石阶木栈野趣生。
山崖万树沐海韵，琼岛九寒听鸟鸣。
有意当登龙塔景，非诚勿扰鹊桥情。
世间多少不明事，极目海天梦幻中。

2015.1.23 于三亚玛瑞纳酒店

游三亚蜈支洲岛

织妹吴哥恋，银沙玉带湾。
私人谁定制，观日我登岩。

2015.1.24 于三亚玛瑞纳酒店

天涯海角游

天涯新境界,海角再启程。
踏浪登高处,乾坤一柱擎。

2015.1.25 于三亚玛瑞纳酒店

游三亚南山大小洞天

南山松不老,福洞聚群贤。
椰韵纳仙气,海风结道缘。
怡心身飘逸,鹤发面童颜。
一梦超凡界,静神脱俗天。

2015.1.25 于三亚玛瑞纳酒店

游三亚南山寺

南山海上玉观音,极目天涯普度人。
盛世昌隆呈紫瑞,佛光灿灿照乾坤。

2015.1.26 于三亚玛瑞纳酒店

游苏州灵岩山寺赞印光大师

心旷神怡清意念,释儒道法自天然。
众生度得超凡界,胜似圣佛胜似仙。

2015.2.1 苏州灵岩山寺谒拜印光大师灵塔归来

早春即景

小苑腊梅鲜,柴门冰雪残。
眼看冬又去,春月照前川。

2015.2.5 于芜湖

联句二首

冬残寒气短,春早暖流长。

2015.2.6 于芜湖

五更愁为客,万里梦还家。

2015.2.7 于芜湖

早春有感

山城已见花,春月到天涯。
残雪露枝橘,新雷催笋芽。
五更愁为客,万里梦还家。
乡思夜深重,病消嗟物华。

2015.2.7 于芜湖,2015.2.9 改于南京

2015年春节贺年短信

雷鸣报春意,梅开呈吉祥。
贺马除旧岁,新羊迎瑞光。
甲午奋蹄扬鞭塞外江南心齐力协共筑中国梦,
乙未跪乳舔犊海域雪原国顺家和同抒华夏情。

2015.2.18 于砀山,2.20 修改

春思

——反贾至春思之意

草色青青柳色新,桃花香淡李花芬。
东风只为吹愁去,春日岂能因恨沉。

2015.3.1

春日即兴

金陵城外草萋萋,碧水东流绕绿堤。
芳树迷人花自放,春山烟路鸟欢啼。

2015.3.1

春意

群山一派雪茫茫,鸟尽踪绝砭骨狂。
疏落寒枝摇曳处,点红艳艳透春光。

2015.3.5

南邮春色三首

其一　春柳

烟笼金鬘处,愁喜皆含情。
丝雨行行泪,柔枝态态莹。
休夸姣照水,岂有弱扶风。
诗得百莺啭,絮飞翔九重。

其二　桃花

细雨和风经夜放,杏花开后我独芳。
嫩叶倚枝噙晚露,鲜苞含蕊吐朝阳。
续梅魂驻增春色,共李果丰消夏凉。
自古丹青难绘画,伶情腕底不生香。

其三　樱花

经夜繁英枝满芳,红云一抹泛霞光。
淡浓媚妍斗桃李,绰约淑姿胜海棠。
争向东风含笑舞,愿随春雨化泥香。
谁为知己轻洒泪,魄散魂销情伴长。

2015.3.27

无 题

溪水岸边间半房,烂书几册伴余粮。
青山远在秋风外,破事炎凉任荒唐。

2015.3.29

梨 花

雪片无寒意,玉枝尽笑声。
似来天上笔,画出满园情。

2015.4.4

参观三界军事训练基地
——为宿州商会活动而作

一地跨三界,军民鱼水长。
江淮连故道,沙场看澈商。

2015.4.12

晚 春

作毯飞絮碧空中,艳褪红残孕小青。
花谢霓裳愁溅泪,水流华发恨憔荣。
三更月落子规梦,万里归家蝴蝶情。
且待炎凉风雨后,甘醇和露话果丰。

2015.4.17

挽著名诗人汪国真

选择远方,风雨兼程,脚长于路。
跨入仙界,鹤鹿相伴,人高于山。

2015.4.26

恋 春

云淡气清伴日长,山明水秀恋春光。
灵风拂碧性如镜,梦雨褪红魂更香。
花落断肠肥绿苦,燕飞悦目哺雏忙。
劝天莫欺杏青小,煮酒且将布谷赏。

2015.4.22

一路南下的冰雹

乌云狂卷裹雷电,冰串雹珠落玉盘。
昨日古彭寒退暑,今朝吴越暑迎寒。
空中雾霾朔风去,天上霁霞紫气还。
但得艳阳消雨后,人间处处尽欢颜。

2015.4.29

联 句

美丽孔雀展翅舞,神奇凤凰呈瑞祥。

2015.4.30

参观林散之纪念馆

早岁聚徒隐故园,驰情弦诵艺诗间。
负笈劳瘁十千里,吟咏貌图九万山。
深韵自然书画意,雄姿奇逸草楷缘。
天门凤阙虎龙跃,泊淡朴纯尽仰瞻。

2015.5.3

夏日随想

含梦夏云当作墨,恣情风笔任挥毫。
蓝天铺展直抒意,画出霁霞满目娇。

2015.5.20

读史有感

竖子成名遂日求,龙种播下跳蚤收。
时来天地皆同力,运去河山不自由。
号角风雷豪气爽,帐前灯火暮霜流。
重整旗鼓执宝剑,不信千载作荒丘。

2015.5.30

云龙入海图

风啸腾翼虎,云聚化长龙。

2015.6.1

贺利华高足李飞群油画展

利器多磨砺,华章育芙蓉。
高端出大气,足列万千峰。
飞雁绘彩霞,群英羡奇雄。
画朴诚实在,美哉真性情。

2015.6.6

夏 莲

出水莲花不染尘,傲然而立露芳心。
幽香深意随风远,细语柔情对月亲。
淡淡千载酬几客,婷婷一世梦何人?
丹青词赋多描绘,谁悟灵魂菩萨身。

2015.6.8

联 句

彩烛热蜡烘琴瑟,凤冠霞帔衬芙蓉。

2015.6.16

采莲曲

——挑战老白,和他一首,也作一现代版采莲曲

随波分叶追香风,深处荷花舟不通。
微信唤郎声并貌,采莲快到水当中。

2015.6.22

夏至即景

夏至喜来梅雨晴,平溪涨落浪涛声。
牧儿牛背迎风去,悠远横笛霁暮中。

2015.6.23

暑中遇台风"灿鸿"

疾风扫尽大江流,直送狂飙上我楼。
意雨敲窗撩旧恨,情云入梦添新愁。

2015.7.11

江城梅雨（新韵）

黄梅爱偶晴，暑气送微风。
山雾添愁绪，江云消梦萦。
窗开蝉音噪，簾卷竹枝胧。
雾霞城欲满，霏雨又濛濛。

2015.6.25

金陵晚望

隋唐高蟾有一首《金陵晚望》，余亦挑战一把，和他一首，反其意而行之，以抒现代金陵晚望之情怀。

乘我白云上紫峰，陪君红日荡涛声。
风光世代齐描绘，一派欢心满石城。

2015.6.27

赞夏日木槿

荷哀风暴乱，蓉怨雨飘零。
惟我独争艳，岂谁能赋情。
暑抚含笑靥，日捧露娇容。
花托相思意，幽香夏梦浓。

2015.7.1

咏兰三首

其一

幽兰千古诗，暑夏咏吟时。
阵阵清风至，权当是相知。

其二

春草翠幽篁,空山夏日芬。
秋林含雨露,傲雪共梅香。

其三

生来空谷不知愁,君子何时倚玉楼。
纫佩清香萧艾种,庙堂宫阙更风流。

2015.7.9

上善若水

高端落下力胜穹,低处涌来势若洪。
静守动行气度内,热腾冷固胸襟中。
刚柔礼智施仁信,容纳和合善义庸。
但得虚怀成谷日,百川汇聚大江通。

2015.7.13

夏日偶成

午后闲来绿水前,荷花垂柳相娇妍。
一时可爱岂春日,万事能狂更少年。

2015.7.17

无题

选择不同,命运不同;
态度不同,结果不同!

2015.7.20

联　句

物质福虚幻，淡泊福久远。

2015.7.21

喜获驾照

奋战六十天，驾照拿到手，又一次战胜自我。

年已逾天命，生活展新篇。
上需孝敬老，下围子女转。
生活添意趣，心身保康健。
家人齐鼓励，朋友共支援。
教练不辞苦，驾校供方便。
倒桩暴雨中，路训酷暑间。
瘦掉十斤肉，不畏艰与难。
脱去几层皮，打胜心态战。
法规心里记，技术反复练。
年老不可怕，笨鸟飞当先。
学友互切磋，导师亲示范。
灯光变自如，用活线与点。
快慢依实际，礼让最优先。
神情需专一，把好转向盘。
善于勤观察，准确作判断。
协调眼脚手，刻刻保安全。
遵规依法行，文明又平安。
训练熟而精，模拟当实战。
考前调心理，沉稳准过关。
一朝证在手，责任大于天。
驾驶今日起，老夫再扬鞭。

2015.7.21

贺恩师吴从炘先生八十大寿

我的导师吴从炘教授是我国著名的数学家,今年八十大寿,从教六十周年。吴老师一直致力于数学研究和教学工作,创立了泛函分析空间理论的哈尔滨学派,建立了模糊分析学,长期注重数学应用工作,学术上兼容并包自成一体,教学上因材施教诲人不倦。吴老师尚德治学、做人、做事赢得了海内外学界的高度赞誉。学生特献贺诗、寿联以贺之。

吾爱吾恩师,英名天下扬。
泛函成一派,学界慕三江。
尚德亲朋赞,倾心桃李芳。
耄耋携稚子,数海又启航。

六十载潜心数学桃李芬芳,睿智慈颜久驻;
八秩寿俱尊齿德精神矍铄,康健鸿福无疆。

2015.7.22

偶成诗集卷十二

赞 菊

秋日已到,万木始凋落,惟菊花经春栽夏长,傲霜怒放,余赞之。

春日带来清梦长,暑风凄雨傲严霜。
不随百叶寒中落,枝上迎梅共续香。

2015.8.13

秋 叶

无愁已逐春光逝,有梦不知秋气寒。
借得清风邀明月,翩翩橙赤撒人间。

2015.8.19

秋 韵

——纪念中国抗战胜利七十周年

一叶引领万木秋,新枝老树竞风流。
云天润露已染翠,圆月青光上玉楼。

2015.9.3

白露思

露从今夜白,月是故乡明。
千里共秋色,皎皎窗上影。

2015.9.9

施一公现象

一日两科学,三天更自然。
仕职未绝后,诺奖或空前。

2015.9.12

古风一首

——孔融叹

建安七子孔,孝子义士名。
四岁能让梨,一门争死忠。
堂上客常满,樽中酒不空。
曹丕霸甄氏,愤淫起直讽。
今度想当然,纣妃赐周公。
一语触阿瞒,父子共赴刑。
巢穴即已覆,蛋卵皆破倾。

名自孝字起,命因不孝终。
千年可叹事,后人各论评。

2015.9.13

秋诗

鲜红片叶报秋时,醉露凌风正满枝。
梦历千年吟旧韵,情来一日赋新诗。

2015.9.15

归雁

天地黄昏一抹秋,长空飞过自声留。
层层山面叠松翠,点点波心映月楼。
万里征程归故土,一缕情丝系乡愁。
枫红菊艳几时好,饮露凌风助志酬。

2015.9.18

中秋节祝福

月华初上碧空清,风静寒微露乍倾。
万里此夕光应绝,缺盈吟赏倍牵情。

2015.9.27

秋雨

秋雨梧桐悲凄愁肠,已误千年醇真梦想。余赋一首以正之。

秋雨梧愁声阵阵,千年黄叶梦频频。
谁知春夏壮怀事,落尽风华真更醇。

2015.10.6

联 句

能人在民间,草根出英雄。

赞毛泽东

身无半亩忧天下,书破万卷融古今。
箭矢万锋风骨起,风云叱咤一伟人。

2015.10.6

为雨花斋写照

雨润本无求,花开艳九州。
感人方有意,恩惠布千秋。

2015.10.6

贺屠呦呦获诺奖

千年声和鹿呦呦,乙醚智取青艾蒿。
志救苍生名利略,耄耋德音诺孔昭。

高校学术争斗有感

扛鼎文治谁为国,贵冠荣誉何其多。
燃萁煮豆众咀食,丘貉从来斗一窝。

2015.10.13

秋风

西风昨夜入吴来,散雾趋霾次第开。
最爱醇霜红叶后,万山秋色胜瑶台。

2015.10.20

诗经新编　大学排名

排名排名，大学之风，孰为标准，孰为公正。
排名排名，大学之风，校长之责，校董之能。
排名排名，大学之风，谁为教师，谁为学生。
排名排名，大学之风，世界教育，大学争雄。

2015.10.13

霜降又游南京栖霞山

太虚烟云韵满搂，临江山下碧波流。
天开贤石千年寺，意冠东吴十四州。

注：栖霞山有太虚楼、始皇临江处、天开崖、贤石雕刻等，自隋唐以来随栖霞古寺兴盛不衰。

2015.10.24

狼山广教寺

深秋南通狼山千年广教禅寺拜谒初唐四杰骆宾王墓

狼山秋霜重，寺静忆鸣蝉。
隐隐宾王墓，诗风万古传。

2015.11.15

一花一世界一诗一情怀

繁花世界四时荣，黄绿青蓝紫赤橙。
香气淡浓随风散，唯留思念赋诗情。

2015.11.20

北京八里庄小学怀旧

2015年中国数学第十二次大会在我1985年读书的母校首都师范大学举行,有幸到三十年前住过的八里庄小学怀旧,恰值小雪季节北京飞雪,不胜感慨。

随风雪瓣何生厌,片片飞来愁加寒。
阁静萦吟篱菊思,途长漫赋塞鸿天。
过影忽忽身如梦,前路迢迢日胜年。
自适暮光当自退,无营长景怎无岭。
欲残枫叶恋情续,未动梅花香意先。
草木雪中潜得润,银蛇蜡象益雄看。

2015.11.22

点赞书画风景线"拈一朵雪花暖心"

雪舞流年冬梦深,无痕洁白掩红尘。
随风漫撒静寰宇,帷伴梅花暗香侵。

2015.11.28

联 句

身比闲云,月影溪光堪证性;
心同流水,松声竹色共应机。

2015.12.2

梅雪迎春

残年入夜吐芳华,暗送幽香到万家。
白雪更嫌春色晚,枝头飞落也当花。

2015.12.12

联 句

大气如大山,大气如大海。
大气能盖地,大气能吞天。

2015.12.12

冬花赞

一边聆听《梁祝》美乐,一边欣赏冬花美景,顿生超凡脱俗之感。

谁说惟梅寒骨俏,严冬我辈亦呈豪。
脱尘雪映幽香洁,姹紫嫣红分外骄。

2015.12.13

联 句

谁说顽石难补天,灵性点化金不换。

2015.12.13

雪 梅

雪意千山静,梅情万树香。
冬含春暖韵,日映水流长。

2015.12.15

元旦赏家花

我家花叶初养成,枝展舒雅香渐浓。
春夏秋冬生淑气,更为居室添和风。

2016.1.1

元旦抢红包

元旦期间群里很忙活,经济效益、人气指数节节攀升,下面总结一下这几天的新年新气象。

故国中原怀旧事,红包哄抢皆传情。
海涯塞外已春色,只待群主新号声。

2016.1.4

小寒咏竹梅

梅花芳意动,幽竹小寒萌。
犹催东风唤,春雷第一声。

2016.1.6

中台禅寺

帷觉见灯佛意鲜,中台山上布禅缘。
海岛一万二千寺,印月同源烟雨间。

2016.1.21

日月潭

日月同辉映绿波,慈恩塔下梦萦多。
青山涵碧归乡远,思恋玄光寺里托。

2016.1.21

南投鹿谷溪头

青翠茂盛竹,高大挺拔杉。
山顶笼雾霭,溪头含烟岚。

啁啾鸟相鸣，婉转蛙争先。
气爽凉且宜，雨濛柔而绵。
信步曲泾上，浪漫密林间。
赞叹竹桥艺，畅议科教园。
飘忽风云去，霞光映满天。

2016.1.22

国父纪念馆拜谒革命先驱孙中山

共和民主父，华夏复兴先。
两岸一族祭，英名万古传。

2016.1.22

一零一大厦

一零一塔顶，极速入苍穹。
拨云喜举目，陆岛架彩虹。

2016.1.22

台北"故宫博物院"

本是宫中物，凄惨离故园。
颠沛簸十载，流漓逾海天。
玉浸民族泪，图透华夏颜。
待得圆梦日，情满富春山。

2016.1.22

鹿港古镇

新鲜一条街，老旧一港镇。
妈祖天后宫，烈烈昭古今。

2016.1.22

台南赤崁楼

赤赤忠心烈,崁崁胆气豪。
楼堡今尚在,犹彰华夏骄。

2016.1.22

台南明延平王祠

延平国姓两朝王,驱寇经纶重文昌。
前无古人功盖世,英雄护岛美名扬。

2016.1.22

高雄佛光山

星云法师力无边,创意佛光现代典。
继往开来成大业,众生普渡善结缘。

2016.1.23

打狗英国领事馆

大海声声言旧事,青山斑斑诉泪痕。
遗迹已忆耻辱史,腊象何以又污心?

2016.1.23

台湾垦丁

宝岛最南端,珊瑚奇礁岩。
犬蛙猫鼻头,三海一点间。

2016.1.24

台东三仙景区

高山烟岚秀,平畦稻秧鲜。
大海冲天浪,三仙紫绿蓝。

2016.1.24

太鲁阁布洛湾大峡谷

枫红冬日布洛湾,紫气祥云漫霭峦。
峡谷飞流三万丈,神游恰似伴仙闲。

2016.1.24

台湾花莲太平洋七星潭景区

名潭实为洋,堆雪卷巨浪。
张臂托两极,乾坤胸里装。

2016.1.24

野柳地质公园

大海显神功,礁石化奇形。
烛台照天际,女王公主雍。

2016.1.25

金陵台城遇雪

天地茫茫锁疏影,台城柳色意朦胧。
冬寒最是岁末重,春韵还喜旧年萌。

2016.1.31

2016年春节贺辞

寿福新岁隆,年华春韵浓。
普天同喜庆,共祝运昌明。
李雷陈兴梅携全家拜年啦,
祝春节愉快!阖家幸福!万事如意!

2016.2.7

山不争高入云来

水不拒细汇成海,山不争高入云来。
物不精致难为器,人不自大方俊才。

2016.2.9

绝配天籁之音《卷珠帘》

夜静窗纱微微亮,卷帘脂香画红妆。
初春细雨清晨落,烟云深处琴声长。

2016.2.12

早 梅

我家梅意最先知,占尽东风第一枝。
俏韵报春惹雨后,百花斗妍正当时。

2016.2.14

无 题

春花秋月不争容,云在青天水在瓶。
物我平常两相忘,去留荣辱自不惊。

2016.2.14

南京梅花山怀古

群山吐纳帝王气,六代幽香一脉寒。
春色当时千劫后,百感苍茫箫笛咽。

2016.2.15

雨水时节赏梅有感

花开便有随风梦,清瘦幽香飘万家。
丝雨无愁轻似露,拂黄点素唤芳华。

2016.2.19

上元节喜雨

喜雨上元春味浓,丝丝欲醉万花红。
一溪波绿锁烟雾,两岸风和忙柳莺。

2016.2.22

春日遐思

茫茫天际渺无音,非远非高犹在心。
世态炎凉静自见,人情短长淡始真。
心安茅屋破棚稳,性定布衣烂衫馨。
嚼得草根方做事,鸟飞鱼跃志长存。

2016.2.27

莫言的无奈

——献给同年龄段的人

莫言总又言,何日养成仙?
欲步赤松子,又食米油盐。

细牵儿女意,广论宇宙观。
忽觉上天客,也注天下看。

2016.2.28

一壶风尘酒四首

　　近日网传古诗"我有一壶酒,足以慰风尘"接续,脱俗超凡佳作连连,才俊辈出。老夫深受感染,也来四首凑个热闹。

其一

我有一壶酒,足以慰风尘。
何需邀明月,飘然天上神。

其二

我有一壶酒,足以慰风尘。
化作春时雨,润物最甘醇。

其三

我有一壶酒,足以慰风尘。
但得随心愿,寰宇化露霖。

其四

我有一壶酒,足以慰风尘。
酬得平生志,悠然居仙林。

老夫现已久居仙林也　2016.2.28

惊蛰

一雷惊蛰始,溦雨带风来。
点素拂黄后,春携万物回。

2016.3.5

金陵春游有感

台柳梢头二月春,钟山烟雨六朝痕。
江风千载石头记,十里秦淮一梦吟。

2016.3.5

春日如画

东风收起一冬寒,化雨枝头尽染烟。
最是春光无限意,丹青难画醉江南。

2016.3.12

赞毛泽东主席诗词

豪情万丈装万山,胸有雄兵万百千。
侠意万种赋诗韵,杨柳万条在笔端。

赞周恩来总理

浮舟沧海渡大众,立马昆仑擎九天。

2016.3.13

桃花咏二首

其一

柳共千寻秀,花开一苑红。
不知人世改,依旧笑春风。

其二

何需桃源去避秦,绽红处处是新春。
花飞必遣随流水,自有渔郎来问津。

2016.3.14

春日忆旧游

当时携手处,杨柳又烟濛。
花胜去年好,酒显今日浓。
且欢情切切,何恨别匆匆。
更愿明天美,把盏酹暖风。

2016.3.18

砀山

黄河古道边,砀郡我家园。
百里雪花海,酥香飘九天。

2016.3.18

读四大名著有感

红楼梦

情中一曲尽,终究梦无痕。
字字心辛泪,人人花冤魂。

水浒传

皆为不平事,无奈逼上山。
风流忠且义,落魄也肝胆。

三国演义

乱世建功业,几多家国情。
百年争社稷,时势造英雄。

西游记

多变应多难,成佛图枉然。
空来空也去,行路宜前瞻。

2016.3.19

游宝华隆昌寺

隆昌千年寺,津宗第一山。
宝华凝紫气,遗韵冠江南。

2016.3.20

春 分

惜花天气是春分,细雨轻风又断魂。
绿柳岸边飞燕子,小楼情思念旧人。

2016.3.20

金陵又怀古

朝代兴亡后,山川依旧存。
岂可金压气,盛衰皆由人。

2016.3.20

函数图像

逶迤曲折任弯延,光滑断续尽天然。
层峦叠翠神工点,绕绿缭云仙笔圈。

2016.3.22

春日偶成

杨柳依依桃色新,芬芳淑气醉游人。
江边一卧惊春晚,更有惜花爱才心。

2016.3.29

吟 春

锦纱淡雾几朦胧,彩缎苍山映日红。
吟柳一诗春醉意,人生来去且从容。

2016.3.31

春日金陵怀古

龙蟠虎踞山川在,古往今来日月筹。
千载落花浸泥土,六朝长草渡春秋。
东流江水英雄泪,西峙石城烟雨愁。
惟有诗人留句处,写出兴衰喜和忧。

2016.4.10

无 题

云影天光凭暖月,琼楼玉宇未寒身。
数盏老酒赋闲尝,几首新诗当醉吟。

2016.4.12

谷雨有感

谷雨凡红褪,牡丹唯留芳。
棋声园内脆,酒气蕊中香。

2016.4.19

恋春

雨洗满目新,花动一山春。
卧看云龙蛇,静听千啭音。
已知芳色晚,料定恋心沉。
竹敲棋声脆,酒添香气馨。

2016.4.20

无题

梦思情愁人不老,风霜寒暑日初昌。
春秋天地何悔恨,俯仰贬褒无短长。

2016.4.24

自慰

不负凌云万丈蓝,一生襟抱至今先。
未迷醉梦半江月,擎起乾坤一块天。

2016.4.26

乘高铁

远观青山近点楼,离情无有古人愁。
携将春色随车去,载向五湖和九州。

2016.4.30

偶成诗集卷十三

过雨后玄武湖观南京

暮色沧茫掩古城,六朝现代共辉生。
水天含韵连广宇,玄武钟山映紫峰。

2016.5.2

雨中月季

春来百卉争娇艳,凄雨冷风摧断魂。
惟我担当寒暑客,嫣红姹紫满园芬。

2016.5.2

留春

窗间梅熟絮成毬,十里蛙声频上楼。
连雨难消春去恨,偶晴更觉梦添愁。

2016.5.4

立夏

立夏絮飞梅子黄,春从花去雨彷徨。
薰风一夜初含暑,敲竹过溪撩梦长。

2016.5.6

初夏即景

——应《南邮青年》之邀,为南邮2016届毕业生寄语,并共勉之。

青紫黄梅逢雨熟,雏飞燕子驾云翔。
沐春经夏霜秋后,满目妖娆满目煌。

2016.5.14

咏 竹

——为2016届本科毕业生题词

根定心虚气韵长，杆直节正傲寒霜。
且教泉石成幽境，自认风云是故乡。

2016.5.19

乘南京至徐州高铁即景

洼洼点秧绿，田田麦穗黄。
乘龙驰大野，处处是家乡。

2016.5.20

徐州感怀

楚风汉韵故黄城，几经春秋月色明。
帝业独兴能用将，霸王刚愎不知兵。
浮云半榻晓成梦，好雨一窗声有情。
不第十年迟作相，登庸多士也英名。

2016.5.21

六一儿童节寄语

祝我的孙子们快乐成长，祝我的亲人们幸福安康，祝我的朋友们家庭幸福永葆童心。送上诗一首。

不觉年华几十春，老来多忆幼时轮。
钓鱼嬉水吃中乐，捉蝶捕蝉梦里寻。
灯下亲情唠夜半，村头同学唱曦晨。
喜看后辈同昨我，怡孙敬长享天伦。

2016.6.1

无题

——为2016届本科毕业生题词

一捧夕阳一缕风，一抹明媚一怀情。
一生追逐旅途短，惟有桃源留梦中。

2016.6.9

相思

惜离别、盼相聚是人们牵挂思念的永久情怀，古今中外留下多少故事和诗篇，深情爱恨溢于言表。余今亦凑个热闹，献上一首《相思》，敬请一笑。

梦里如初见，惟留诗墨香。
秉烛残夜短，抱恨相思长。
岁岁盼归雁，朝朝怨西窗。
芳心情深痛，鬓已奈何霜。

2016.6.14

无题二首

余即将离职隐退，偶得淡泊诗词，咏吟之时，感慨良多，随得二首，劝人慰己，不已快哉。

其一

人生苦短又旅长，利禄功名羁绊伤。
自古淡泊方为上，浮云何处是家乡？

其二

脱离浮海一身轻，红尘踪迹后人评。
春山回首频成梦，明月清风作伴行。

2016.6.25

急救小法

脑刺手，心刺脚，
哮喘憋气刺鼻尖，癫痫就刺人中穴。
小小银针常在手，一针见血胜丹药。
信与不信全在你，不妨时时预备着。
十指连心也连脑，方法简单又易学。

2016.6.27

花月荷塘

绿云拥玉自香伶，花月荷塘色一般。
风动霓裳舞且曲，广寒宫女下凡间。

2016.6.28

夏日山景

风吹清大野，花放艳前山。
鸣远闻却近，瀑急落又缓。
江湖举目小，天地读书宽。
不问凡尘事，悠然学种田。

2016.6.29

无题

铁汉有天磨，庸才无人欺。
木长千根固，流远汇万溪。

2016.6.29

一天乐

鲜花沾晓露，翠竹动午风。
天满暮霞意，江流夜月情。

2016.7.1

南 通

冲积涨沙逾万年，崇川静海紫琅关。
抵东据西扼南北，接沪引苏承泰盐。
千载宾王广教寺，一生兴业啬公园。
濠河塔影悬明月，壮阔江天第一山。

2016.7.3

夏 日

连雨岂知不是春，炎炎仲夏亦消魂。
巨澜洗尽铅华月，狂飚唤醒烂柯人。
浓浓茗茶浓浓境，淡淡天空淡淡心。
我欲因之梦寥廓，芙蓉国里驾祥云。

2016.7.7

无 题

绝美乐曲绝美景，人逢绝处又逢生。
物极求变方为上，何惧面前难重重。

2016.7.10

叹汉成帝

霄游宫内云雷乐，飞行殿前宠爱多。
燕燕展翅尾涎涎，皇孙死后自身绝。

2016.7.13

沉痛悼念刘应明院士

刘先生是南京邮电大学兼职教授,为南邮学科建设发展给予了极大的帮助和支持。撰此挽联敬挽老师刘应明院士!

创点化,造重域,奠基模糊拓扑千秋业;
建学会,育英才,开拓中国数学万里疆!

2016.7.15

题夏日雨后自拍照

满城风雨送斜阳,消夏无暇伴梦长。
忙里偷闲霁霏后,留张靓影赛红妆。

2016.7.16

咏 荷

玉管地理通丝乐,朱笔天文点霓虹。
明月拿来作团扇,青凉世界送香风。

2016.7.20

游岳麓书院

湘水中流冠九洲,岳麓山下文脉悠。
千年书院古今韵,惟楚於斯为盛留。

2016.7.20

游长沙橘子洲

潇湘砥柱遏飞舟,指点江山橘子楼。
物是景非水依旧,今朝人物更风流。

2016.7.20

再游韶山拜伟人毛主席

六年两次拜韶山,崇敬虔诚心肃然。
红日冲出光世界,更教天地换新颜。

2016.7.22

咏韶山

峰峦耸峙木葱茏,韶乐缭绕凤音亭。
可觅桃花仙迹洞,玉箫吹月过台东。
白水双塘上屋场,青云层翠旁宅松。
茅檐土壁冲神剑,换地改天红日升。

2016.7.22

咏长沙

千年古郡潇湘韵,一代英豪润之诗。
学正文风大麓育,勋高浩气名山滋。
爱枫青野雨来处,吹浪绿洲风起时。
聚汇俊杰江渚上,沉浮大地惟於斯。

2016.7.22

夏夜

阴篁荷柳倦,云盖月眠伤。
夜静梦犹短,风清漏更长。

2016.7.26

观微信传名胜匾额错字有感

报恩院内报难完,观赏碑林细识观。
日目良智明千古,忄草浑然第一关。
少点风流多实在,无头富贵文通天。
观鱼花港三作水,避暑山庄一横言。

2016.7.27

上海组诗

中国馆

东方鼎盛冠中华,天下粮仓富万家。
寻觅足迹伴低碳,一带一路翠珠撒。

中共一大会址

巍巍一红楼,圣焰耀九州。
气豪跨世纪,昂首砥中流。

陆家嘴

浦东大小陆家嘴,开放改革第一城。
平顶摩天金茂厦,龙头贸易并金融。

东方明珠

黄浦江畔陆嘴尖,隔江相望万国滩。
居高临下揽宇宙,光耀明珠艳九天。

南京路

十里洋场起外滩,西连静安接延安。
霓虹已是九霄夜,纽约东京自惘然。

外　滩

金融远东华尔街,风采色调自和谐。
讲述新旧一江水,托起明珠树伟业。

豫　园

　山林隐都市,奇秀甲东南。
　古韵润亭榭,新华倚栏杆。

静安寺

　真言宗坛场,大德持松堂。
　古刹诉今昔,教人佛法扬。

淮海路

十里霞飞淮海路,繁华典贵更高雅。
带古携欧新世纪,芬芳馥郁气闲暇。

朱家角

水村暖暖在朱家,墟里依烟起紫霞。
犬吠深港长街上,鸡鸣桑树拱桥崖。

南　翔

白鹤高翔寺万年,砖塔火墩古猗园。
南朝五代风情在,吴根越枝遗韵延。

七宝古镇

古镇七宝仨并行,两旁排列尽朱红。
小桥流水明清色,商贾云集海派风。

2016.7.28

无 题

爱到穷时生怨恨,情行深处历沧桑。
白头始信人间苦,幽梦已教泪双行。

2016.7.29

联 句

惟我高秋增秀色,抱枝枯老亦留香。

2016.8.29

咏 菊

余昨日微信转发了一组配有咏赞诗句、精艳绝美的菊花照片,观后余也赞赏不矣,浮想联翩,亦成绝句一首,献给菊花和象菊一样的人。

笑看百卉斗芬芳,东篱悠然孕暑霜。
恃得高秋增秀色,抱枝枯老亦留香。

2016.8.30

无 题

余近作无题一首,献给和余同感,百事无题的朋友。

东山闲卧未闲春,溪水辱愚岂辱人?
辛苦半生游世事,早知今日返丛林。
百无一事可传教,十有九分当慰心。
庄梦醒来时未晚,篱边秋菊尚盈门。

2016.9.1

秋 色

无色清风叶染黄,有情潇雨梦思长。
中秋最是对明月,且把他乡认故乡。

2016.9.2

余为自己的书斋撰联

梅随诗梦香天地,春载书声响古今。

2016.9.4

十分境界无穷味,半盏清茗一颗心。

2016.9.4

给学子们撰上一联

学无止境思当远,路到穷途心自宽。

2016.9.5

咏残荷

不嫁春风恋暑香,铅华褪去沁秋芳。
唤来萧雨润典雅,借得青辉理端庄。
素淡平和侠气骨,安贫乐道义柔肠。
沧桑难改空灵气,再育新荷一梦长。

2016.9.6

秋情诗意入云端

——秋日献给朋友的一份礼物

秋梧凄雨莫凭栏,解恨消愁天地间。
水静山明排鹤雁,豪情诗意入云端。

2016.9.11

中 秋

一年今日最分明,光洁云霄万景清。
正是中秋春未老,桂香菊笑露含情。

2016.9.15

咏月饼并贺天宫二号发射成功

油香面脆出辅兴,形浔婵娟团圆饼。
平步蟾宫攀仙桂,邀来娥兔赛花容。

2016.9.16

中秋抒怀

年中三五夜清新,海内天涯共一轮。
远客折刀思故旧,良宵攀桂摘星辰。
江澄千里素如练,峰秀万座翠胜锦。
古注今来多少事,高秋故国几登临。

2016.9.19

有感老任盛海兄六十大寿以贺之

老友心心系十年,任凭风雨共甘甜。
吾感盛谊深如海,兄作楷模启后杆。

2016.9.19

芭蕉夜雨

余来一首凄婉柔肠、魂断香愁的婉约之作。

窗外芭蕉窗内灯,声声凄雨断肠更。
丝丝情恨难成梦,愁对空阶滴到明。

2016.9.19

赞菊

秋夜初开晓更清,戴霜裹露展雄风。
最岭百媚非尤物,韵味幽香赖天生。

2016.9.23

访菊

独步东篱访菊乡，柴扉轻扣沁清香。
洛阳仙子随春去，惟我吟风弄月朗。

2016.9.23

秋月

空气明而静，溪流清且纯。
水中天上月，照见爱情真。

2016.9.28

秋日野花

寂寞开无主，生来别样鲜。
不争秋叶艳，野气香人间。

2016.9.28

秋日苑花

生在芭蕉下，假山依偎旁。
未及花叶盛，秋雨正彷徨。

2016.9.28

征雁

万里长为客，翩翩竞自由。
影激天月远，声响夜风悠。
不恋塞胡草，非思湘楚洲。
云随霄汉宿，列阵写春秋。

2016.10.1

南京汤山景色一组

南京阳山碑材

神功圣德著,碑材遗万年。
巍巍青山在,耿耿启后瞻。

南京古猿人洞

远祖遗迹地,彰昭人类先。
洞中钟乳水,滴滴证羲源。

南京藏龙寺

天宝藏龙地,插花菩萨灵。
千年留古刹,钟敲报恩声。

2016.10.4

句容仑山湖

仑山环一水,高骊夯边城。
初月似仙境,湖光映彩虹。

注:句容仑山湖由三山环抱而成,形如初月,美若仙境。湖右仑山因山形高大似昆仑而得名,湖左高骊山乃镇江名山,苍松翠竹掩映着极富现代气息的边城古镇,两山现有彩虹桥相连融为一体,自然景象与现代别墅群交相辉映,美不胜收。

句容怡景湾

江南清丽地,度假怡景湾。
北接宝华气,南连茅圣山。

2016.10.5

汤山安基湖

隐秘深山怀秀色,居幽峡谷缅川田。
天生佳趣接天雨,云浮胜景入云端。
竹海茫茫光映水,松涛阵阵绿环园。
清风明月舟悠漾,鱼跃蛙鸣情静恬。

2016.10.6

莫放春秋佳日过

羡金陵金秋王府雅集,余亦得律一首,以"莫放春秋佳日过"为每句之首,以七位诗家名字为韵,或嵌句中,奉上。见笑。

莫误悠然雅聚事,放声吟唱古金陵。
春笼好雨民知晓,秋润清风果奉农。
佳气凝云鸾共舞,日光浴树凤齐鸣。
过千帝相今安在?盛世呈祥富贵生。

2016.10.8

送秋雁

无语清风叶染黄,高飞鸿雁向南方。
欢歌昨日茶酬梦,惜别今朝酒溢香。
万里江山几点墨,千秋岁月一时狂。
邀来常義伴君舞,相约明年新曲扬。

2016.10.21

红军长征胜利80周年纪念

今晚含着热泪,怀着激动的心情,观看了纪念红军长征胜利80周年文艺晚会,感慨颇多,随赋七绝一首,以兹纪念。

长征胜利铸诗篇,信念精神代代传。
不忘初心程再启,中华圆梦在明天。

2016.10.22

时逢霜降秋雨十多日有感

霜降几番雨,落红连片楼。
书托愁里梦,诗寄菊边秋。

2016.10.30

秋 颂

——为理学院 2016 迎新晚会而作

天高雁叫颂秋声,似火云山相映红。
霜菊清江香欲染,初心不忘正情浓。

2016.11.3

金陵秋日怀古

金陵秋色里,落日满江红。
千古南朝事,犹然唱后庭。

2016.11.12

六十年一次的最大最明最亮月亮

清辉耀环宇,甲子又轮回。
天际才捧出,呼声满翠微。

2016.11.14

观南京六朝古都全景航拍有感

六朝王都地,盛世动英姿。
掌中今古韵,正当筑梦时。

2016.11.15

国 色

——青花瓷

青白呈雅韵，梅兰溢古香。
龙飞凤舞瑞，松动鹤鸣祥。

2016.11.17

江南初冬秋雨

十月江南，初冬细雨，微寒如秋，缠绵缥缈，若梦若幻，风光无限，如诗如画。

江南细雨冬秋日，若雾如烟帘梦时。
红舞黄飘琼宇境，荷残林疏更成诗。

2016.11.17

江南冬雨

冬雨江南含暖意，清新世界净凡尘。
润滋万物生机孕，唤醒梅花早报春。

2016.11.17

赞天宫二号与神舟十一号对接成功

筑梦天宫千万年，神舟寰宇任遨然。
邀来仙界群贤至，高奏凯歌携手还。

2016.11.18

有悟四大名著

爱恨情仇皆是梦，春风秋月始亦终。
尽显人事命天定，慈悟总在初心中。

2016.11.20

雪

前庭观玉树,满目舞龙鳞。
窗竹闻风动,邀来赏雪人。

2016.11.23

无 题

陈歌旧曲玉箫碎,野水晚山秋月残。
未悔情痴衣任阔,何曾意笃路无艰。
江南烟雨又犹是,紫气金陵似更酣。
一任繁霜侵两鬓,击壶再咏魏公篇。

2016.12.5

参观新四军江南指挥部旧址水西村

抗日江南地,筹谋水西村。
松兰风骨在,凭吊慰忠魂。

2016.12.5

静

沙鸥白鹭日影圆,水湄山林修竹闲。
老墨古书读遗韵,淡花冷月品流年。

2016.12.10

联 句

琴听流水知音在,画赏青山雅韵长。

2016.12.12

江南冬月

枫色黄昏淑气开,江南冬月已春回。
青流泼墨直抒意,轻剪云山入画来。

2016.12.17

题美景

野色四时春不回,淑光紫气依天开。
青流泼墨直抒意,轻剪云山入画来。

2016.12.17

柬埔寨吴哥皇家公园

吴哥皇苑地,古树历沧桑。
蝙蝠麒麟象,彰昭加冕王。

吴哥国王行宫

千载帝王气,今朝化瑞祥。
行宫纳世界,西哈努克王。

吴哥姐妹庙

千年楠木下,姐妹庙荫荫。
赤脚上香处,虔诚一片心。

2017.1.15

吴哥巴肯山

吴哥巴肯山，耶输拨摩建。
雄踞高棉国，遗风历千年。

大吴哥城

真腊千年都，塔形胜利门。
慈悲四面佛，历阅盛衰人。

塔普伦寺

加亚华尔曼，孝母建寺院。
高僧伴舞女，祭修双神殿。
人间沧桑后，卡波克树缠。
蛇根入石缝，龙茎盘屋缘。
绕过梁柱上，裹住门窗延。
紧密缚神庙，强劲干擎天。
树石交相错，蔚为大奇观。
回廊仙女雕，飘逸透浪漫。
古墓显丽影，美名天下传。

巴戎寺

吴哥通王城，输耶拨摩山。
慈悲喜舍佛，面面笑千年。
四十九座塔，石基群雕展。
王宫亲证战，百姓生活篇。
栩栩娱乐图，粼粼湖光卷。
彰昭吴哥盛，胜迹遗高棉。

吴哥窟（小吴哥寺）

寰球最大庙，世界哥特先。
桑香佛舍塔，毗湿奴神殿。
名作朝都寺，实为王陵园。
倾尽国力建，修集天下先。
重现高棉鼎，再展奇迹观。
国标柬埔寨，南亚佛圣传。

2017.1.17

早春

丝雨新芽土，扶烟弱柳风。
莺知春气暖，唤得满坡红。

2017.2.4

早春山林

山林雨霁后，暖意悄然馨。
松竹梅成趣，复苏只诗春。

2017.2.5

早春咏柳

著色含烟叶未成，新莺旧树爱岭中。
柔琴茕影依窗梦，情思缕缕化雨风。

2017.2.5

@幽幽 Dxd

退居文石地,赋闲古黄边。
赏菊东篱下,悠然望砀山。

2017.2.5

今年又游南邮梅花坡

嫩日梅发满冻枝,畅游恰是染胭时。
娇姿胜于去年好,任意剪裁皆画诗。

2017.2.5

无 题

一蓑一笠一扁舟,一饵一纶一钓钩。
山远天高烟水静,心悠悠处意悠悠。

2017.2.6

挚友老乡兴鹏精心安排重游苏州太湖东西山

牧心东西山,听雨太湖边。
陆巷古村幽,守溪拱桥圆。
雕花楼刻精,林屋洞聚仙。
紫气升桔岇,金龙卧梅园。
兴鹏情切切,老友绪欢欢。
皓首再重游,笑谈又童颜。
当学赤松子,何须过昭关。
扁舟泛绿水,垂钓远尘缘。
天高烟波静,悠漾意悠然。

2017.2.8

拙政园

灌园鬻蔬拙之政,积水中亘浚治成。
望若湖泊弥漫处,几多亭轩实虚中。
曲池茂树人为景,平淡疏朗云作风。
历尽沧桑恭盛世,园林天下誉雅名。

2017.2.9

游苏州虎丘山

名胜吴中第一山,侏罗海涌铸奇岩。
剑池叠翠映塔影,风壑流辉溢碧泉。
历代金匮浮帝气,几多大夫赋诗篇。
千年滋养姑苏韵,虎阜天光云气岚。

2017.2.9

留　园

雄丽轩举皆醉客,冠云峰巧甲江南。
玲珑山水横披画,迤逦榭亭高下连。
嘉树妍花荣几度,凉台奇石历经年。
阊门城郭野林趣,四大名园精湛先。

2017.2.9

早春又游寒山寺

早春到寒山,细雨更缠绵。
古有枫桥影,今无渔火船。
涛声方依旧,愁客对何眠?
寺院香烟旺,商贾技艺鲜。

月落难知处，乌啼不敢言。
钟声富贵撞，霜满琉璃檐。
攘攘游塔景，稀稀诵咏篇。
昭然列碑刻，新尊胜先贤。
谁解诗中意，千年夜半缘。

2017.2.9

游浦东陆家嘴

今日浦东一道春，游人驰兴注来频。
流光塔宇作天梯，直上太空摘星辰。

2017.2.10

上海外滩

上海江滩万国楼，百年踪迹至今留。
沧桑不忘当初耻，映照浦东千载优。

2017.2.10

同济大学

同济德文医工堂，百年办学历沧桑。
石表铭记国豪血，领袖开启民族强。
竹外春山时有李，亭中流水碧无疆。
二零一一珠峰志，卓越联盟又起航。

2017.2.11

上元夜西湖

两面青山三面湖，三潭两堤两塔出。
一楼一月暖风醉，一岸霓虹璨若珠。

2017.2.11

上元节晨登杭州六合古塔

自今古塔凌霄汉,云气天风面面来。
桥影江光春练净,紫青岚色晓屏开。

2017.2.11

上元节游杭州西山飞来峰灵隐寺

灵鹫飞来一小岭,常隐群仙掩龙宫。
楼观沧海托红日,门听钱江涌浪声。
发叶冷轻拂紫气,萌花霜消赖春风。
千年古刹依然在,济道天台渡众生。

2017.2.11

雷峰塔

皇妃得子建妃塔,夕照雷峰夕照霞。
情雨断桥伞有意,湖堤山柳尽为家。

2017.2.12

苏堤春晓

苏堤春晓湖塔静,笼沙烟柳莺几声。
映波旭日锁澜绣,山望祥云堤压功。
西水东浦虹跨接,南屏北峦彩连通。
自从苏子拓湖绿,天汉横绝传美名。

2017.2.12

岳王庙

获罪莫须九曲丛,英烈昭雪栖霞岭。
青山有幸埋忠骨,黑铁无辜铸奸佞。
毁誉判出真与伪,正邪当是炭和冰。
精忠亭外千年柏,碧血丹心民族雄。

2017.2.12

浙江大学

发端求是剑桥风,国立百年书殊荣。
比肩北华同挽手,挤身世界共联盟。
文军开辟辉煌路,特色闯出中国雄。
争创一流大学梦,综合改革又长证。

2017.2.12

春日雨后游玄武湖

夜雨江南输暖风,烟笼湖水绿濛濛。
轻柔杨柳丝丝嫩,香续梅花满石城。

2017.2.16

咏柳二首

其一

秋冬练就柔带钢,倚得东风势更狂。
烟雨飞花蒙日月,青云万里梦影长。

其二

南北枝撩春思梦,古今叶奏玉人楼。
轻烟晓带桃花雨,深翠晚凝江水秋。

2017.2.22

咏柳

秋冬滋润性和柔,沐得东风情更幽。
缕缕旧枝春思梦,甜甜嫩叶玉人楼。
轻烟晓带桃花舞,深翠晚凝江水流。
借力飞花晕日月,青云赋我解乡愁。

2017.2.22

获学校"良师益友"称号

称号本来是浮云,六秩获得竟欢欣。
亲朋好友频点赞,弟子领导倍关心。
青丝踏上良师路,皓首仍为益友人。
俱注酸甜苦辣事,桃李天下满园春。

2017.2.23

听雨

烛红帐昏歌楼上,江阔云低客舟中。
断雁西风僧庐下,鬓星滴雨到天明。

2017.2.24

余亦献上早春一首

江水弄新雨,柳枝欺旧寒。
逐春心不老,又是赏梅天。

2017.2.24

游玄武湖合城咏柳

甘愿做花媒,含烟带露来。
长堤千万树,莫遮旧城台。

2017.2.26

"天地之心"之说

周易彖传复,复卦卦象生。
冬至一阳生,天地之心明。
生生不息源,仁仁之内倾。
复见天地心,天地自然行。
礼记另有说,天地发五行。
人发五行端,万物之神灵。
人者天地心,宇宙人文中。
仁德引向善,春秋大道行。
大得则以王,小得则以雄。
仁为天意志,天心仁作用。
寓于万物内,藏于深微中。
宇宙与本体,形而上学升。
天地育万物,动而以顺行。
至日阴阳复,顺微以安静。
而后有所为,亦宜至其盛。
动静相依存,互寓又互生。
一动一静者,天地之妙用。
阳辟而为动,阴合而为静。
动静之间者,天地人妙用。
不没且不滞,主乎动与静。

自静而观动,自动而观静。
二者有其一,便知有动静。
方静而有动,方动而有静。
不拘于动静,非动亦非静。
动静运于气,气凝万物生。
五行之秀气,天地之德成。
天地之志事,穷神知化中。
心性即天地,夙夜心养性。
天地之心德,曰元亨利贞。
春夏秋冬序,春气无不通。
仁义礼智心,仁无不包容。
恻隐无不贯,爱恭宜别情。
未情体已具,情发用无穷。
诚能体而存,源善本百行。
汲汲于求仁,孔门之教宗。
生生到仁爱,仁爱到生生。
天人当合一,不证而自明。
人心小私邪,天命大正公。
气质障蔽遮,现实之心灵。
人须当努力,务与天心通。
接得天地心,方能有道生。
圣乾可欲善,贤坤成物用。
天地施万物,人气起作用。
得气而为形,得理而为性。
得心而为心,心发而生生。
生生不已者,仁体之大用。
心仁天地活,发育而流行。
天时与地气,清明且虚静。

为天地立心,为生民立命。
人心浩然气,浩然感遂通。
真心所溢流,吾之心而正。
气顺天地顺,心正天地正。
恻隐保四海,天下爱亲敬。
集义在其几,时时心安宁。
有事即浩然,时时在其功。
浩然之气顺,天下伦理行。
万物共一体,广大而高明。
天地即我心,体仁而反躬。
我心天地心,圣人境界成。
圣贤之正脉,人人当践行。

2017.3.4人大政协两会之际

惊蛰听雷

——教育部部长有关诗词等优秀传统文化答记者问有感

东风新雷动地来,拂黄抹绿万花开。
顿然草木精神好,蛰户卉房报春回。

2017.3.6

南邮之春

舒柳烟波写碧空,馨兰玉串闹春风。
知行求是芳心动,画出江天满目情。

2017.3.8

咏旗袍

优香雅韵度红尘,一路风情一路馨。
绾结常凝烟雨思,摇曳顿显倾城心。
内修外敛丽质在,低唱浅吟婉约存。
纱幔扶琴含古意,藕荷裹梦步青云。

2017.3.10

尚贤者,政之本也

古注圣王政,列德而尚贤。
举义不避亲,不避贫与贱。
大道天下公,选能与选贤。
规矩成方圆,执法赖德贤。
仁者在高位,播仁于人间。
徒善不足政,徒法不足圆。
法德当并举,令人应借鉴。
法治安天下,德仁润心田。
准绳和基石,两者不可偏。
勿学韩非子,惟法不尚善。
务法不务德,终败小人谗。

2017.3.14

仲春

铁剪裁红锦,金梭织绿丝。
轻风枝上闹,细雨水中痴。

2017.3.16

咏桃花

清香如菡萏,姿态胜婵媛。
春光淡泊处,氤氲入夜阑。

2017.3.17

油菜花

严冬炼根红,春到竞先青。
携手拥花海,同心舞巨龙。

2017.3.18

桃花雨

款款情深入夜忙,风吹帘内湿衣香。
滴滴如酒惹侬醉,面羞枝柔春梦长。

2017.3.19

南邮桃花谷

香魂坡上飘,谷底艳桃妖。
璀错春时景,来年依旧邀。

2017.3.19

春　分

又是一年春色深,花开花谢掩红尘。
天涯散落销魂处,风鞍梦中伶恨人。

2017.3.20

桃花二首

其一

罗袖染将初叶绿,粉香吹上小桃枝。
疏红稀翠欲春透,正是南来燕子时。

其二

河岸株桃花自优,无情风雨又何愁?
纵然零落融泥土,愿筑燕巢香满楼。

2017.3.22

雨中海棠

雨撒冰雪面,泪洗胭脂容。
谁怜爱怜我,只为寻艳踪。

2017.3.23

新 枝

鲜花人皆爱,谁又爱新枝?
谁有叶枝茂,方为花盛时。

2017.3.23

为大学同学40周年聚会而作

相识四十年,今日又团圆。
曾经握别的手,我们又相牵。
带着生命中的真诚,带着心与心的守望,

我们又喜聚一堂,笑语欢颜。
　　重逢的时刻,
目光停歇在张张陌生而又似曾熟悉的笑脸,
找寻着那藏在内心深处一个又一个生动的容颜。
　　一时叫不出名姓,那也无妨,
双手紧握时,流露的滚烫真情依然!

一

不知不觉中,已经过了四十年,
　　渐白渐疏的两鬓,
　　又唤醒我们渐行渐远的当年。
　　总是有一丝抹不去的记忆,
　　心头时常涌起那难以排解的思念。
你是否记得,那墙上字迹飘逸的诗篇,
　　你是否记得,那高亢入云的唱段,
你是否记得,那张传来传去的纸条:那是我们青春来临的宣言,
你是否记得,伫立在静谧的月下,逡巡在清晨的河边。
　　当年那些熟悉的场面,那些亲密的同伴。
　　欢声笑语,指点江山,
　　今天又清晰地出现在面前,
　　挥之不却,去而复返!
四十年前,我们的祖国和人民迎来了"科学的春天"。
　　那时候,我们国家刚刚经历了十年动乱,
　　我们的母校条件艰苦,十分有限。
但那时的我们怀揣求学的梦想,废寝忘食,孜孜不倦。
　　在老师们循循善诱下,
　　把深奥玄妙的数学理论钻研;
　　把典帙浩繁的科学书籍翻遍;

把枯燥乏趣的公式符号牢记心田。
承前启后，继往开来，
祖国的文化传统在我们手中发扬光大，薪火相传。
传道授业，解惑答疑，
教书育人教师的天职重任在肩。
这些珍贵的回忆和沉沉的积淀，
是我们学习生活的《数学分析》，
是我们人生的《实函复函》，
更是我们终生事业追求的《教学法》要点。
那时的我们还不太懂事，
叽叽喳喳、打打闹闹，甚至是唐突荒诞，
但不管怎样，我们相依相伴，
度过了人生中最美好的时光一段。
那里有我们共同的青春，共同的信念，
值得我们用一生去珍藏和眷恋。

二

四十年啊，
不论你在北，还是我在南，
不经意间总会想起你，
我的老同学，我的靓女美男。
多少次，梦中想象着你现在的声音，
多少次，脑海里猜想着你现在的容颜，
今天的相聚，总有无数个话题聊起没完。
只要说出一个名字，就有一副笑脸从岁月的深潭中浮出水面，
搅动我们感情的波澜。
可当久违的你站在面前，
岁月的风蚀与记忆中的容颜，

竟有如此大的改变,
不禁使我们感慨万端。
我们的青春真的被岁月留在世纪的那一边!
今天在这里,我们再一次相见,
今天在这里,我们又一次团圆。
我们又见到了那些谙熟的面容,仿佛又回到当年的年级班。
在这里,让我们把几十年的往事启封开坛,
让我们把关切的话语说他一天,
让我们把人生的感悟侃上一侃,
让我们疲惫的身心来个小憩,
在同学情的温馨中酣眠!
在愉快的回忆中,我们要再一次享受青春;
在想象的山水中,我们要再一次放肆的呐喊;
在融洽的交谈中,让我们再说说昨天、今天;
在热烈的碰杯中,让我们祝福明天,
永远幸福,此生平安!

三

人生相聚总是短暂,
但相聚最能体会友情的甘甜。
今天回味师恩,恩如山川;
今天回味同学,情味甘甜。
回首岁月沧桑,挥手之间;
回首曾经年轻,青丝霜染;
回首天翻地覆,我们深情依然。
没有距离的阻隔,没有地位的偏见;
没有贫富的差别,没有久违的疏远;
我们无愧于"同学"这个神圣的称谓,

我们无愧于老师那亲情的教诲，
我们无愧于见证我们友情的清澄河流，巍峨山川。
是真情就能穿越时空，
是真情就会流淌久远；
是真情就能闪耀光辉，
是真情就会演绎经典；
让我们一起穿越时空，
让我们一起流淌久远，
让我们一起闪耀光辉，
让我们一起演绎经典。
让我们的亲情如诗如歌，
让我们的亲情温馨无限。

四

今天相见，让我们回首往事；
今天相见，让我们倾诉久别的思念。
回首一起走过的岁月，往事如烟，
同窗求学，是我们一生不变的情缘。
似朦朦胧胧的约定，如命运之神素手相牵。
四十年的光阴弹指一挥间，
我们互相帮助跨越旅途中的艰险，
我们携手打拼属于自己的蓝天。
共同的经历，让我们的同学情历久弥坚。
岁月的风霜抹去了我们的红颜，
但我们无愧、无悔、无怨。
空谷足音，余韵袅袅，
乾坤浩荡，云舒云卷……
我们曾淋漓尽致地绽放，

用生命的光华把人生的脚步点燃，
用四十年的心血抒写人生的诗篇。
茫茫人海中，我们注定是那么骄妍。
今生必定难忘，同学的情谊已镌刻在我们心间。
玉盏斟美酒，良辰同畅欢，
陶醉那尘封记忆中的碎影流年。
让我们带着昨天，曾经走过的青春与浪漫；
让我们带着今天，对那段峥嵘岁月难以割舍的情感；
让我们带着追逐四十年的同窗梦，相逢在这美丽的校园。
追忆往昔，畅想明天，共庆团圆……
今天是你我相约心灵凝聚的时刻，
今天是同窗深情的积淀，
今天是四十年后人生征帆停泊的港湾，
今天是四十年后人生长途跋涉短暂歇息的驿站。
请不要忘记我们相聚的这一天，
此时此刻，又拉响了心中激荡的心弦；
欢歌笑语，漾起心湖平静的涟漪；
张张笑脸，将我们带到了那遥远的从前；
香醇美酒，将蕴藏已久的青春激情点燃；
句句珍重，重新展现了那段人生这蓝色的经典。
岁月如梭，时光荏苒，
四十年的风霜雪雨改变了我们的容貌，
四十年的人世沧桑转变了我们的人生观，
但唯一改变不了的是珍藏在我们心中的那片净土
——同学时代美好的怀念……
一朝相识，亲情万年，
金子般的珍贵，阳光般的灿烂；
人生长河，相聚苦短，

让我们用心典藏亲情的温暖。
　我不想说再见，相见时难别亦难；
　我不想说再见，泪光中闪着你的笑脸；
　我不想说再见，还有多少话儿没说完；
　我不想说再见，要把时光留住在今天。
　　一辈子能有几回这样的相聚，
　　一辈子能有几次不想说再见！
　　让思念在美丽的天空中放飞，
　　让渴望与梦想在明天的征程上点燃。
　　　我们渴望，我们梦想，
　　我们渴望再一次的亲情相聚，
　　我们梦想再一次的温馨相见！

2017.3.23 于南京

江南春景

　　裙带绿围帘外桥，梨花踏碎雨潇潇。
　　春山南浦烟光暮，牵去柔肠万里遥。

2017.3.24

联句十三首

　　双飞燕子闹寒食，百啭柳莺舞暖风。

2017.3.24

　　采来山色与君醉，握住春光伴梦行。

　　春风摆案售诗画，细雨拨弦唱雅风。

　　樵翁歇担，拍落肩头云几朵；
　　渔夫垂钓，引来脚下龙满潭。

2017.3.25

历尽沧桑尝五味,踏遍山川懂七情。

桂阙送来一轮月,桃溪载去几回春。

柳下抚弦,应和几声鸟语;
溪边品茗,招来数缕花香。

2017.3.26

溪烟困柳莺声软,夕雨欺花蜂阵稀。

桃红几点疏篱外,柳绿一枝烟雨中。

薄凉熏风,吹落枝头春一瓣;
酷热蒸云,托起天上秋满圆。

2017.3.26

看透玄机空即色,结遍善缘佛在心。

花径浮烟风细细,柳溪蒙雾雨潇潇。

星落月倾,皆系春风妩媚;
云舒气爽,何因秋雨缠绵。

2017.3.26

春

桃李粉装柳梳头,海棠伴我紫云游。
好风借力三千里,气冠江南十四州。

2017.3.28

春之思

桃李粉装柳梳头,海棠伴我思悠悠。
彩蝶何向落花泣,紫燕怎随逝水愁?
新翠倚窗刚入梦,旧痕托月又登楼。
好风借力三千里,染绿江南十四州。

2017.3.28

梨花夜

夜静香消风咽愁,雪飘满院月斜楼。
梨花半落最肠断,寂寞空庭湿衣流。

2017.3.29

樱　花

质为玉体仙宫栽,春意频邀凡界来。
君若痴迷知本色,乘风随我上瑶台。

注:樱花,起源于中国。秦汉时期,宫廷皇族就已种植樱花,距今已有2000多年的栽培历史。至盛唐时期,从宫苑廊庑到民舍田间,随处可见绚烂绽放的樱花,烘托出一个盛世华夏的伟岸身影。当时万国来朝,日本深慕中华文化的璀璨以及樱花的种植和鉴赏,樱花随着建筑、服饰、茶道、剑道等一并被日本朝拜者带回了东瀛。
　　樱花是爱情与希望的象征,代表着高雅、质朴纯洁的爱情。樱花宛如懵懂少女,安静得在春天开放,满树的白色粉色花瓣,是对情人诉说爱情的最美语言。心中的某个人,就如那场寂寞的樱花雨,缓缓消失在时光的深处,留在永恒的记忆中。

2017.3.30

苏州树山

背依梨树园,南望大阳山。
西枕太湖水,东临浒墅关。
龙湫千年韵,御梅天下鲜。
云泉岩石顶,唯和呈喜颜。

2017.4.1

南邮之春·樱花

质为冰洁仙宫开,扯块白云下界来。
撒向人间成琼露,落花筑就玉瑶台。

2017.4.3

联句三首

以诗会友春铺路,对酒当歌雨作弦。

秋心土里埋,春泪水中流。

东风授意,细雨行文,点翠一方山水;
蓝天当纸,彩云作墨,染红万里霞光。

2017.4.3

南邮之春·二月兰

名为二月兰,花满忆潘安。
相邀同携手,海天落玉盘。

2017.4.3

清　明

清明无雨是清明,日丽风和气象荣。
谁见桃梨花溅泪,只闻莺燕放歌声。

2017.4.3

联句六首

一首新诗千斛酒,十年旧事万种情。

不闻尘事花间醉,且伴仙人天上游。

日暖风轻，一琴一盏山中坐；
天高云淡，一线一竿湖上游。

2017.4.3

欲问桃花春几岁，撩开杨柳雨数重。

满泾花香幽月色，一江水秀淡风情。

醉饮相思，一杯还比一杯苦；
梦见故人，十年更胜十年情。

2017.4.3

桦墅村游

桦白江南韵，墅边春意浓。
村头花照水，好是九天行。

2017.4.8

南邮之春·清明之景

清明雨后好风景，恰似瑶台迁校中。
我欲挥毫添重彩，却将楼宇化天宫。

2017.4.11

中国庭院园林

毓秀钟灵华夏檐，庭院深深历千年。
门拱左右圆天地，窗雕虚实透热寒。
迂迴廊通游子梦，曲幽泾赋大夫篇。
一弯新月西楼上，多少秋花东圃边。

2017.4.14

游敬亭山

独有仙清俏，江南诗圣山。
不追五岳胜，不纳四佛颜。

吟咏杜鹃啼，影随云霭闲。
李魂千载梦，陈橹震江湾。

2017.4.15

宣酒

敬亭采得千年梦，融入诗魂酿水阳。
醇厚绵柔江左韵，飘逸幽雅谪仙长。

2017.4.16

宣纸

烟雨葱茏润泾川，澄心堂内碓纸檀。
粉身碎骨陶洗后，留取翼绸四尺丹。

2017.4.16

春咏

万红层上一枝绿，好似云霞出玉蓉。
天地谁为铺锦绣，我邀织女牛郎缝。

2017.4.17

中国历史咏

悠悠华夏五千年，厚重沧桑有质感。
岁月乾坤沉淀后，女娲盘古辟新天。

炎黄建国

黄炎合力胜蚩尤，炎败轩辕兴中州。
炎黄血脉成一统，子孙承遗万代优。

禅 让

尧帝治世传英名,舜辅佐治立奇功。
尧亡不传子丹朱,推舜为帝万古扬。
禹继父鲧治水患,开通疏凿引为方。
治水有功舜让位,禹传伯益兴华邦。

2017.4.18

谷雨暮春有感

万水映蓝天,千山捧杜鹃。
不将春色去,更有牡丹鲜。

2017.4.20

2017 研究生毕业有感

又是一年四月中,风清气爽喜春浓。
正当谷雨耕耘季,满目兰馨子规红。

2017.4.20

春游栖霞山

露歇风来处,霞轻日度时。
凤翔览古寺,玉冠赋新诗。

2017.4.22

登临南京城墙怀古

吴时宫阙近时墙,东镇钟山西固江。
千劫沧桑留百空,几多帝相举幡降。

2017.4.22

春游牛首山

春游牛首起岚烟,东西群峰天幕连。
禅音犹奏宋军曲,世四方彰盛世天。

2017.4.23

联 句

春花秋月经三夏,雪落梅开过一冬。

2017.4.24

青 果

花开时节忙争艳,谁孕青新育满枝?
化泥逐波悲切日,正当我辈果丰时。

2017.4.26

枫树春花

秋叶经霜艳,春花沐雨红。
天公怜爱我,千载塑高风。

2017.4.26

偶成诗集三

文石斋偶成咏史诗札记（春秋～南北朝）

三国分晋六首

其一

君臣坏礼仪，智力相雄长。
社稷随泯绝，天下继沦亡。

其二

美鬓长大射御足，巧文辩慧伎艺熟。
强毅果敢五贤至，而甚不仁一短处。
五贤陵人不仁事，其谁恃之能和睦？
宣子弗听智果计，晋分三国赖瑶辱。

其三

水灌晋阳剩三版，沈灶产蛙民不反。
唇亡齿寒动韩魏，三子灭晋万古传。

其四

诈为刑人挟匕首，漆身吞炭图报仇。
襄子重义释豫让，臣无二心万世忧。

其五

君仁则臣直,臣真仁君知。
翟璜召任座,文侯亲迎之。

其六

居亲富与达视举,穷不所为贫不取。
五者足以定良相,无须人荐与自誉。

桂陵之战田忌救赵之孙子

救斗不搏撠,解乱勿控拳。
批亢而虚入,形格势禁缓。

六国合纵之张仪

游韩说燕破合纵,只身囚禁换黔中。
待到功成君王易,群臣毁短坏连横。

鸡鸣狗盗

秦相孟尝君,狗盗献白裘。
鸡鸣而出客,脱归自悠悠。

白马非马

三耳实为难,人理胜雄辩。
别殊不相害,不乱序异端。
抒意通宗旨,明理真知见。
白马非马论,虚假为巧言。

田单封君之乐毅

智谋过人燕乐毅，诸侯畏信服其义。
无乃谗言愤奔赵，田单火牛又复齐。

奇货可居

奇宝珍玩献华阳，说服立嗣为异人。
献姬生子扶为正，同着楚服当自亲。

范雎罢相

闳夭周公忠且圣，鞭起文种不足奇。
进退赢缩与时变，春夏秋冬功成离。
功高盖世当身退，月满则亏日中移。
燕客蔡泽忠义辩，范雎罢相万世依。

郑国修渠

本为延韩命，实利秦万年。
凿泾东注洛，舄卤变良田。

韩非使秦

身贵韩秦均不用，孤愤五蠹十万言。
惨然受嫉陷牢狱，遗药自杀万世冤。

荆轲刺秦之鞠武

行危以求安，造祸以为福。
计浅积怨深，太子弃鞠武。

嬴政之死之叹始皇

千辛历尽统天下，誉功五帝德三皇。
期望长生恶言死，沙丘驾崩秘不丧。
可怜万世一枭雄，暑尸腐臭共鲍赏。
骊山烈烈今尚在，几人凭吊话短长。

嬴政之死之李斯

辅秦立法焚坑儒，嫉韩助高害扶苏。
可叹反被谗言毁，五牛车裂万世诛。

嬴政之死之蒙括

功信秦三世，兄弟皇近臣。
将兵三十万，毫无反叛心。
死守先贤义，不辜先帝恩。
昭昭忠节在，万代启后人。

赵高弑主之赵高

生而隐宫通狱法，位高权重鹿为马。
连弑二主专秦权，众怒腰斩三族杀。

沛公斩蛇起义

汉王隆准貌龙颜，爱人喜施意豁然。
素来怀有大志向，不事家人疏业产。
亭长释徒丰西泽，起义斩蛇芒砀山。
樊哙召来沛城献，萧曹助公立大汉。

霸王破釜沉舟

随叔起兵会稽乡，叱咤风云少年郎。
北上救赵雪梁恨，破釜沉舟威名扬。
巨鹿败秦诸侯顺，新安坑卒折寿长。
诸侯分封十八地，枉自誉为楚霸王。

约法三章赞

沛公至霸上，子婴伏道降。
拒言施宽容，后以拜汉相。
西入咸阳城，赖萧收典藏。
尽知阨要塞，户口及弱强。
宫中奢丽物，皆秦所以亡。
樊哙直言谏，离宫还霸上。
助桀所虐说，苦谏赖张良。
天下除残贼，抚民方安邦。
药苦利病除，言逆利行昂。
悉召诸父老，约法有三章。
凡吾所以来，除害且安良。
县乡告谕之，秦民喜过旺。

争相慰问之,沛公尽辞让。
仓粟多非乏,不欲费民赏。
民又更益喜,恐公不秦王。

鸿门宴

五采龙虎气,欲为关中王。
楚汉争霸起,司马曹无伤。
季父左尹伯,私密助刘邦。
新丰鸿门宴,枉费舞剑庄。

西楚霸王

项羽引兵屠咸阳,火烧秦宫杀降王。
货宝妇女掠向东,秦地百姓大失望。
不听韩计霸关中,富贵依锦还故乡。
楚人沐猴戴人帽,享煮韩生涉怀王。
划分天下封王定,自立西楚为霸王。
扬言巴蜀属汉中,三分关中抵刘邦。
何劝汉王学汤武,信于万乘大国上。
良计烧绝过栈道,御敌示项不还乡。

韩信拜将

韩信初寒贫,无行难为任。
常钓于城下,漂母饭饥信。
忍辱出胯下,仗剑从楚军。
数以策干羽,不用投汉军。
鲜为人所知,仅执接客宾。

滕公壮其貌，粟都尉不谙。
数与萧何语，奇非平庸人。
汉王至南郑，将士东归心。
仿度不重用，亦做逃亡人。
何闻自追之，极力荐于王。
诸将易得耳，国士信无双。
王计必欲东，拜信为大将。
王许择良日，斋戒设坛场。
齐备授职礼，仪式盛拜将。

半壁江山之成皋大战

楚汉两相争，对峙成皋城。
多亏项伯计，羽未烹太公。
相临广武涧，刘项决雌雄。
邦数霸王罪，历历十罪行。
羽怒睁圆目，伏弩射邦胸。
汉王病伤卧，良计劳军行。
以安士卒心，勿令楚军胜。
劳军疾更甚，驰入成皋城。
楚军粮不继，势力渐衰形。
汉使楚请和，项羽应允行。
鸿沟以为界，中分天下成。
释邦父妻子，引兵归彭城。
刘以张陈计，会合韩彭英。
偷袭项大军，韩信作统领。
汉追项固陵，盟军不前行。
观望不到位，汉败退皋城。

刘以张良计,封王韩彭英。
与羽一决战,三军又合兵。
韩计引项出,十面埋伏中。
羽伤军元气,退守垓下营。
后人来成皋,寻觅鸿沟形。
叹观证战处,尝登广武城。
时无英雄出,竖子亦成名。

半壁江山赞韩信

攻城掠地跨太行,背水一战赵燕降。
指兵即已定临淄,挥师遂东追齐王。
塞潍出奇败龙且,直向城阳捉田广。
信恐齐伪诈变多,汉遣良授信齐王。
辞谢武涉连楚意,恩感衍军衣食赏。
深明汉王亲近义,畐死不易重托望。
蒯彻相说信天下,鼎足三分据齐强。
韩念厚恩不负义,不做弑君常山王。
文种畐死亦为越,不信兽尽烹狗亡。
四面楚歌败项羽,垓下淮阴湖相望。
谁见帝梦贬为侯?唯有吕雉施技俩。
趁帝带兵伐陈豨,伪罪判乱害信亡。
自古英雄多大义,至今淮阴碑昭彰。

文帝之治

二十三年未央宫,室苑车服无所增。
释之判刑法公正,晁错进言君贵农。
南越谢罪骨不腐,亚夫整纪细柳兵。
后世鲜能及文帝,以德化民海内宁。

景帝七国之乱叹晁错

文景两尽肱股事,只为社稷宗庙昌。
侵王削地刚法纪,疏人骨肉怨自赏。
七国之乱名诛错,岂爱一人天下亡。
可怜朝衣朝服死,自古谗言害忠良。

汉武大帝刘彻

年号新纪元,建元始开端。
御侵助西域,出使派张骞。
经学官学化,太学育百官。
黜百尊儒术,制察举孝廉。
士人政权治,西汉渐呈现。
御敌助西域,出使派张骞。
固边敌匈奴,匈羌断其间。
自此中西通,丝路亚欧连。
河西设重郡,威振敦酒泉。
细君封公主,乌孙姻相联。
重金宝马种,李广证大宛。
苏武使匈奴,牧羊十九年。
耿耿昭忠烈,拒降终归汉。
南征挫越锋,楼船平海南。
乐府始设置,相如赋诗篇。
制乐集民歌,都尉李延年。
均输稳物价,奸商牟暴难。
五铢合法币,沿用七百年。
遏制州郡势,并设州十三。

正月定岁首，太初历法演。
易装尚黄色，礼仪定官员。
行法无假贷，善用且明断。
九疑祭虞舜，登灊天柱山。
寻阳亲射蛟，礼祠名山川。
明堂始祀帝，增封泰岳山。
烈烈武帝㧑，强汉世纪半。
王道重五帝，威超三皇前。

宣帝贤明中兴

帝兴于闾阎，知民事艰难。
光薨始亲政，厉精为治先。
五日一听事，敷奏群臣言。
意见以考察，功效赖检验。
异善厚赏赐，有功当升迁。
及至于子孙，长久不改变。
中枢机构密，法令制度全。
莫有苟且意，上下互相安。
及拜史守相，辄问亲相见。
观其志所由，察行质其言。
名实不相应，必知所以然。
政公平清明，百姓所以安。
诉讼合情理，百姓息愁怨。
与我共此者，唯良二千石。
太守吏民本，数变下不安。
民知其将久，教化不欺瞒。
治理有成效，颁诏并加勉。

增秩赏赐金,关内侯爵迭。
公卿有缺位,选表以次荐。
以汉世良吏,于是为盛先。
四海皆臣服,史称中兴焉。

细君公主赞

丝路联姻第一人,黄鹄绝唱琵琶吟。
只身换得千军马,光耀天山贯古今。

解忧冯嫽赞

远嫁乌孙继细君,丝绸古道立功勋。
长安不见上林苑,伊犁盛传昆弥人。
皑皑雪山昭日月,青青原野沁芳馨。
昭君启后和亲事,佳话千年说到今。

汉成帝

骜骏也成龙,好色又专政。
飞燕合澶毒,无嗣国将倾。
外戚擅权始,王氏一族荣。
酒色侵骨体,抱死未央宫。

赵飞燕

云英紫裙归凤远,碧琼轻绡飞燕荣。
合宫舟风掌上舞,燕啄皇孙背骂名。

班婕妤

少使入宫蛾大幸,以礼匡君德言行。
斌斌婕妤工文正,恂恂班女谦让恭。
辞辇进贤建功勋,辩祝理诬解纷争。
退身避害浮云邈,临飒端干霜叶冲。
自伤捣素歌团扇,名侔楚虞图丹青。

王莽

谦恭礼让朝野名,挽危救局不二功。
拥平代汉理国政,食禄万户安汉公。
立明开集兴私学,网能教化尚儒生。
居摄代行天子令,改元建国展雄风。
王田私属促国有,修典改制安民生。
私币豪强天下乱,光武又复大汉名。

汉光武帝刘秀

天降红光照行宫,文叔名秀嘉禾生。
苦学经史通大义,精于家业勤于农。
处事谨慎多权略,深思熟虑而后行。
新朝末年海内裂,布衣舂陵起义兵。
旗指复兴高祖业,志向万世春秋定。
牛背开启逐鹿事,昆阳驰援建奇功。
隐悲负重益谦恭,封侯娶亲回宛城。
冯异献出锦囊计,厚结左丞近曹竟。
北渡黄河慰州郡,取悦民心揽英雄。

救民之命公而虑，邓禹献策天下定。
少英耿弇北道主，联刘结亲郭圣通。
跨州据土甲百万，鄗城即帝千秋亭。
收之桑榆灭赤眉，得陇望蜀天下定。
苦战廿年兴汉室，灭莽平割归一统。
大兴儒学崇气节，风化之美史最盛。
兴建太学礼隐士，修典收籍汇鸿生。
善待功臣厌武事，强国息民施文政。
废除徒婢禁卖奴，济民减租水利兴。
抑豪制强度田亩，友边善夷商道通。
赐名倭国以印绶，都护西域丝路荣。
裁并郡县精简政，奖廉惩贪任贤能。
整顿吏治躬节俭，军制改革权集中。
柔道治国强天下，建武盛世国中兴。
每旦视朝日仄罢，夜分论经引公卿。
身济大业慎政体，总揽权纲度时行。
才明雄略非人敌，阔达无隐开心诚。
经学博览政文辩，恢廓大度高帝同。
龙兴凤举震四海，圣德灵威安苍生。
雄豪最有俊令体，神武更兼贤达风。
英雄帝王为难及，倒海翻江一鸣惊。
沧桑原陵依然在，依邙临河万世葱。

班超归汉

少年家贫志不失，投笔从戎报国时。
西域建功三十载，丝路架起千秋秩。
万里归诚延颈望，一得生还为国死。

长蒙文王葬骨恩,子方哀怜老马慈。

外戚干政宦官专权与党锢之乱

外戚倚豪强,宦官靠皇权。
国家起祸殃,人民遭苦难。
李固梁冀害,李膺张成谄。
轩轩千里骥,岩岩如玉山。
清高成党锢,未遂百姓愿。
黄巾大旗举,天下义帜展。

张角起义汉室气衰

苍天已死黄天立,岁在甲子天下吉。
大兵进京应天数,高坛华盖平地起。
纵然华盖高万丈,黩武近陈非果毅。
圣王耀德不观兵,四方征伐在灵帝。

官渡之战

官渡之战之背景

黄巾动汉室,州郡独揽权。
豪强组部曲,割据占地盘。
纷纷争权利,频频起战端。
白骨露于野,千里无鸡犬。
群雄征战后,渐强两集团。
袁绍占北方,曹操据中原。
曹操迎献帝,迁都许昌县。

自始挟天子，威势大增添。
以令各诸侯，奉天四方战。
击布占涂州，灭术得淮南。
袁绍据河北，战胜公孙瓒。
尽有北方地，更欲争河南。
双雄争天下，决战势难免。
绍强无后忧，拥兵过十万。
操处四战地，关中诸将观。
表绣不肯降，孙策据东南。
备吕暂依附，貌合神离颜。
曹营多谋士，郭嘉诩另观。
外宽内忌绍，好谋无决断。
曹得河内郡，势力有扩展。
孙策退江东，刘表坐上观。
局势明朗化，袁曹必一战。
建安四年夏，绍兵举十万。
企图南攻许，万骑下河南。
强大不可敌，操将多胆战。
操识袁绍人，志大才疏浅。
胆略尚不足，刻薄寡恩缘。
刚愎而自用，兵多指挥乱。
将骄令不一，大战必败源。
操谋战略局，绍强我不乱。
千里黄河渡，分兵难阻袁。
官渡临汴水，西连虎牢关。
巩洛固要隘，东下淮泗远。
北东许屏障，补给更方便。
防绍夺许都，精兵固右边。

亲率据黎阳，扼守河北岸。
二千屯延津，白马助刘延。
主力在官渡，筑垒固正面。
镇抚关中凉，稳定翼侧远。
集力守要隘，重点设防线。
以逸待劳顿，后发制人先。

官渡之战之前期

建安四年底，刘备起兵反。
占领下邳郡，屯兵据沛县。
联绍以抗曹，增军至数万。
公元二百年，时在二月间。
曹避两面敌，联系许青兖。
亲率精兵击，攻邳占沛县。
降关缚刘妻，备败逃投袁。
曹刘战酣时，绍迟多疑端。
以儿病失机，辞却田丰言。
至曹败刘备，从容官渡还。
丰强谏忤绍，沮众械系田。
绍派琳书檄，通告州郡县。
尽数曹罪恶，骂曹难忍咽。
二月进黎阳，与曹力决战。
颜良攻白马，欲夺河南岸。
沮授阻良出，绍不听其言。
四月曹主动，北上救刘延。
荀攸献奇计，至袁兵分散。
先兵至延津，伪攻袁后边。
诱袁兵向西，白马轻骑援。

速袭其不备,定可击败颜。
操亲率轻骑,张辽关羽先。
羽望良麾盖,策马冲军前。
刺良万众中,斩其首而还。
操解白马围,逃民向西迁。
袁军渡河击,军至延津南。
文刘击曹军,曹军驻南阪。
六百对六千,操令解马鞍。
辎重弃道旁,饵敌兵增添。
骑多分辎重,纷纷抢争先。
操突起攻击,乱中丑破斩。
终于败袁军,官渡凯而旋。
颜文皆名将,一战而被斩。
挫伤袁军锐,士气大衰减。

官渡之战之相持

初战袁失利,优势仍明显。
七月进阳武,月近官渡边。
依沙堆立营,横数十里宽。
曹操也立营,驻军对峙袁。
一度击不利,退营守垒坚。
袁构筑楼橹,堆土积如山。
箭俯射曹营,摧毁曹营盘。
曹制霹雳车,击毁楼橹山。
袁掘地道攻,曹抗掘长堑。
相持三个月,曹军外境难。
兵少粮缺乏,士卒疲不甚。
后方不稳固,操失信心坚。

运粮疲奔命，于心不忍见。
安抚十五日，为没破绍还！
写信给荀彧，议退守河南。
彧信劝曹公，全局宜前瞻。
绍欲决胜负，主力集与前。
公弱当至强，制乘是关键。
当年楚汉争，相持荥皋间。
刘项均不退，不退则势显。
公以一当十，阻绍不进前。
已持半年时，情势已显然。
回旋无余地，即有大机转。
正当奇制胜，时机不怠慢。
操纳彧大计，坚守待机缘。
粮草十路纵，运输距缩短。
复阵双列护，强卫以防袁。
仁涣截袁粮，粮车烧数千。
士气遂大增，袁军补给难。
刘辟叛变曹，刘备助汝南。
韩断曹西道，皆被仁力挽。
策欲袭许都，遇刺命黄泉。
曹军后方定，待机迎决战。

官渡之战之奇袭

袁军又运粮，是年十月间。
卫将淳于琼，护兵人上万。
屯积大营北，故市乌巢边。
许攸遭人谮，弃绍投曹瞒。
献计袭乌巢，轻兵烧粮源。

偶成诗集（二）

曹信为良策，立即纳其言。
洪荀守营垒，亲率兵五千。
冒袁军旗号，马缚人枚衔。
各带柴一束，偷袭趁夜暗。
绍获袭乌巢，即派轻骑援。
郃览率重兵，攻曹大营盘。
曹营金汤固，坚实攻下难。
曹军攻乌巢，激励士死战。
杀死淳于琼，粮草尽烧完。
闻得乌巢破，张高投曹汉。
袁军心动摇，分裂大溃散。
绍带八百骑，仓遑退对岸。
曹战获全胜，歼敌近八万。
实力大增强，北统基础奠。

官渡之战之叹

以少胜多官渡战，曹操袁绍争霸权。
三人助曹成大事，出奇制胜武争先。
人才一计敌万人，胜在用人纳贤言。
善择良策攻守济，卓越用兵谋全面。
袁内不和骄轻敌，刚愎自用拒良言。
迟疑不决失良机，粮草被烧军心散。
诸葛赞曹善人谋，先哲论曹守固坚。
袁绍事事傲刚愎，曹操处处能用谏。
用人知贤已自明，胜败兴亡不用战。

卧龙出世叹诸葛亮

琅琊诸葛居隆中，自喻卧龙匡世雄。
若助曹公天下定，何来三国乱争功？

赤壁之战之叹

赤壁之战火光冲，弱弱联合抗强营。
天时地利人和占，孙刘两家胜曹兵。
失利曹魏失天时，统一全国已难行。
孙刘借此势壮大，三分天下成雏形。
马韩关西为后患，何不镇西再南征。
南征舍鞍仗舟楫，中原怎与吴越争。
天寒疾疫人马困，玄武池难大江同。
无乃连环索战船，因此才易被火攻。
曹称疾烧船自退，横使周瑜虚获名。
实因曹操北伐傲，乘胜席卷遂南征。
刘氏不睦震八郡，众惊既降便屠荆。
舟车十万风声起，骄横驰骋一路东。
羽楫万计龙跃流，锐骑千旅虎步行。
谋臣盈室将连衡，喟然吞江气如虹。
骄兵必败盖有数，疾疫大兴损厉锋。
凯风自南成焚势，魏武已无官渡风。
千古赤壁今尚在，后人多怀周郎勇。
二龙争战决雌雄，赤壁楼船扫地空。
烈火初张照云海，周瑜曾此破曹公。
火烧西楚魏帝旗，周郎开国虎争雄。
交兵不假挥长剑，已破英雄百万兵。
会猎书来吴国惊，只应周鲁不教迎。
曹公一战奔波后，赤壁功传万古名。
东风不与周郎便，二乔铜雀作春宫。
孙刘不假天时便，陪上夫人又折兵。

倘使曹公败而战，来年春暖又南证。
大江天堑终必破，直取湖蜀与江东。
一统山河安百姓，免却百年动刀兵。
可叹曹公兵败后，休养生息平关中。
五年再图证孙权，三国鼎立已铸成。

周瑜赞

江东多才俊，卓尔周公瑾。
年少有美才，羽扇并纶巾。
雄姿兼英发，文辞善谈论。
饮醇而自醉，宽厚而诗人。
文武筹略英，量广及人臣。
若周齐太公，若汉有韩信。
赤壁破曹公，天下定三分。
不幸天损忘，哀挽古到今。

司马懿赞

慨然忱天下，少胸谋略存。
言谈崇圣典，武用若通神。
三国一统事，两朝开启臣。
经天纬地业，常昭后来人。

三国归晋

阿斗洛阳不思蜀，吴主荒淫乱杀戮。
司马替曹统天下，六路大军齐攻吴。
大筏草人铁锥辄，麻油大炬化索无。

北来诸军飞渡江,掠地房歆杀都督。
沅湘交广风送印,杖节称诏而绥抚。
指授群帅造建业,兵威已振势破竹。
濬下西陵长驱进,浚取武昌顺流出。
戎卒八万近境临,方舟百里石头入。
吴主面缚舆榇降,解绑焚棺收籍图。
灭吴一统晋天下,江南庙陵作废墟。
欺曹司马楼船渡,失陆金陵霸气无。
百战称雄空自傲,三家归晋惹人辱。
宁知转眼萧墙乱,翻作江东半壁输。
至今赞濬著威名,帝陵王气黯梅坞。
千寻铁锁水底沉,几片降幡石头出。
山形依旧江流逝,人世几回注事哭。
四海一家今又是,故垒高秋唱荻芦。

西 晋

力灭鼎足十四载,三十七年一梦中。
修渠户调占课田,赋税平均人无穷。
州郡王国置三省,勋臣贵戚宠八公。
泰始津法遗后世,门阀制度世袭封。
儒道玄佛多元化,史汉后志一脉承。
炉鼎烧炼养生学,禹贡地域海岛经。
雉头裘焚倡节俭,太康之治一阵风。
骄奢淫逸皇室范,贪暴恣肆士族行。
政风腐败党派起,宗室争权外族兴。
八王祸乱萧墙内,五胡内迁西晋终。

闻鸡起舞之祖逖

少怀大志出范阳,散谷周贫集党乡。
闻鸡起舞常砥砺,中流击楫誓大江。
置酒当歌诗者老,上应星象愤然亡。
匡济有心终乐祸,寂寞空流万世彰。

王敦谋篡

王敦谋篡讽帝见,帝惧手诏加钺剑。
奏朝不须名和趋,佩剑着履可上殿。
移镇姑孰屯于湖,导为司徒牧自兼。
弟谏甚苦佯醉闻,舒导启帝私防范。

桓温清谈

英略过人文武干,充荐制夏守边关。
惔惊知有不臣志,劝昱位号常抑贬。
桓温尝乘雪欲猎,装束甚严先过惔。
惔骂贼欲持何为,温笑为此卿安谈。

东山再起之谢安

少以清谈屡辞命,隐居会稽之东山。
王许常伴游山水,教育谢家子弟贤。
谢氏朝臣尽逝后,东山再起匡济篇。
桓温初任为司马,历任朝政宰辅官。
联手坦之挫温篡,淝水八万胜百万。

功名太盛遭帝忌,迫注广陵避祸端。
多才多艺善书乐,性情闲雅温和缓。
处事公允而明断,从不树私而专权。
儒道互补治国事,宰相气度不傲慢。
高门士族顾大局,谢氏利益服国管。
世称江左风流相,雅量胆识一身担。

淝水之战

淝水之战之一

秦王下诏举南证,民每十丁遣一兵。
良家子拜羽林郎,三万少年盛之统。
朝臣皆不欲坚行,垂苌良子独怂恿。
融言鲜卑羌虏仇,常思风变以志逞。
良少皆为富子弟,不闲军旅苟奉承。
信而用之轻举事,功既不成患无穷。
坚不听从反遣融,督帅耗垂作先锋。
任命姚苌龙骧将,益梁军事一人统。
楷绍言于慕容垂,主上骄矜浪严重。
叔父中兴在此行,垂然非没谁与成!

淝水之战之二

公元三八三,八月初八天。
坚兵发长安,戎卒六十万。
二十七万骑,鼓催旌旗展。
遥遥相望去,前后千里远。
符坚抵项城,凉军始达咸。
蜀汉顺流下,幽冀至彭苑。

东西横万里,水陆齐向南。
运输军粮草,多达万艘船。
先期达颖口,符融三十万。
孝武下诏令,任命石与玄。
加上琰与伊,拒之共八万。
胡杉援寿阳,水军仅五千。

淝水之战之三

秦盛晋都恐,玄问计于安。
谢安夷然答,已另有打算。
既而寂然然,玄不敢复言。
乃令张玄请,安遂驾游山。
亲朋毕云集,赌墅棋与玄。
安棋常劣玄,玄惧不胜安。
安遂登山游,至夜乃回还。
桓冲深忧国,卫京锐三千。
谢安固却之,朝廷已防范。
兵甲无阙乏,宜留防西藩。
冲叹安石量,将略而不闲。
大敌今垂至,方游不暇谈。
遣诸不经事,拒之皆少年。
众又寡而弱,天下事知焉。
吾其左衽矣,外族将统占。

淝水之战之四

阳平公符融,攻克寿阳城。
执获涂元喜,慕容拔郧城。
胡退保硖石,符融进军攻。
秦将军梁成,率兵五万众。

屯驻于洛涧,栅淮遏东兵。
石玄击洛涧,不进惮梁成。
胡彬粮耗尽,潜遣使石明。
秦人获遣使,送于阳平公。
融驰使白坚,贼少擒易行。
但恐贼逃去,宜速赴之兵。
大军留于项,坚引八千兵。
轻骑日夜兼,寿阳就于融。
遣序说谢石,迅速降秦兵。
朱序私谓石,秦至百万众。
诚难与为敌,今乘未集中。
宜于速击之,夺气败前锋。
秦逼肥水陈,晋兵渡不成。
玄使谓符融,深入君孤悬。
而置陈逼水,持久非速战。
若移晋淂渡,决战不亦善!
秦将皆欲遏,使不淂上岸。
坚曰引少却,使之渡一半。
铁骑蹙尔杀,蔑不能胜算。
麾兵使之却,触亦以为然。
兵退不复止,玄琰伊渡赶。
融驰骑略陈,欲以帅退还。
马倒晋兵杀,秦兵遂溃散。
玄等乘胜击,至于青冈前。
秦兵蹈藉死,蔽野塞山川。
风声鹤唳闻,皆以为晋军。
昼夜不敢息,草行宿露侵。
重以饥与冻,死者七八成。

当初秦兵却,朱序呼于阵:
秦军失败了,秦兵狂逃奔。
天锡与元喜,共序皆奔晋。
晋获云母车,坚中流矢奔。
单枪匹马逃,至淮北饥甚。
民进殽豚髀,坚食赐布绵。
民辞弗顾去,坚谓张夫人:
何面治天下,潸然泪淋淋。
谢安得驿书,知秦已败输。
时与客围棋,置床而不睹。
了无喜形色,围棋以如故。
客问为何事,慢条斯理诉:
儿辈已破贼,棋完既返屋。
高兴过户限,不觉屐齿无。

淝水之战之五

前秦被歼七十万,垂部三万尚完全。
统一南北已破灭,北方分裂多政权。
垂苌贵族重崛起,苌俘杀坚前秦散。
东晋乘胜而北伐,收回故土黄河南。
谢安去世谢玄隐,无力恢复统一权。
江南社会得恢复,发展经济有条件。
流落南方汉文化,得以延续和发展。
直接影响后统一,中华文化崛起源。

淝水之战之六

苻坚北统六七年,前秦内部不稳健。
物质匮乏民贫困,连年征战兵生厌。
国家精疲力已竭,厉兵积粟最当先。

骄胜日益生骄傲，匆忙发动攻晋战。
征兵百万百姓苦，人心不得军无用。
用人不择贤与愚，奖赏惩罚失分明。
忠奸并蓄良莠齐，群臣忠言不再听。
阿谀奉承倍加赏，腹谏违谋一意行。
资杖如山兵百万，投鞭断江军威雄。
误判商风陨秋箨，少谋失密贸然征。
战略骄傲更轻敌，侥幸心理求速胜。
前锋被挫士气伤，畏晋思想又产生。
惧晋阵齐将精锐，八公草木皆为兵。
谢安临危而不乱，坚决抗战意志英。
军队力强主将能，上下齐心力无穷。
百姓抗秦民心向，淝水天险地利长。
准备充分术得当，分化离间军心丧。
以智激敌诱其乱，乘隙掩杀威风扬。
实施战略大反攻，换来对峙百年长。

东晋王导

茂弘理琅玡，高洁而公忠。
江左风流相，东晋匡扶功。
王谢桓庾家，南北士族衡。
行草书后世，万古云山同。

魏主纳谏建东宫

早建东宫师贤卿，入总万机抚戎政。
立子以长顺大礼，置贤人服天所命。
左辅右弼东西面，浩观丘堆嵩斤同。
国有成主民所归，奸宄息望祸无生。

拓跋焘尊道毁佛

佛藏酒物匿妇女，蛊惑邪伪乱天常。
政教不行礼义坏，九服鞠为丘墟荒。
焘承天绪欲定真，复羲农治焚经像。
天下沙门悉坑诛，助成南朝寺兴旺。

萧子良笃释范缜无佛

子良清尚倾宾客，集俊八友才五朋。
笃释招僧论佛法，江左道俗始盛行。
范缜大谈世无佛，形神之质神形用。
人生如花同发散，坠茵落粪自随风。

江左风流王俭

少好礼学及春秋，行为尚儒断如流。
博议引证镇八坐，发言下笔音彩优。
作解散髻斜插簪，朝野仰慕自悠悠。
常说江左唯谢安，风流宰相意今留。

北魏孝文帝改革

整吏变税惩贪赃，改官九品迁洛阳。
均田调租创三长，汉化改姓儒教彰。

苟济焚身

东魏静帝惧高澄，谬敕问济君反臣。
可岭帝幽舍章堂，济怀壮气东市焚。

无愁天子齐后主

宝衣玉食万匹裙,承祖奢余为帝王。
自弹琵琶无愁曲,诸嬖朝夕娱侍常。
小怜一笑国相倾,更杀一围陷晋阳。
淑妃玉体横陈夜,青州被俘始堪伤。

周高祖伐齐

齐氏昏暴政多门,鬻狱卖官唯利亲。
沈溺倡优耽麹蘖,忌害忠良任嬖臣。
阖境嗷然不胜弊,道路以目人离心。
翼宽谦谏伐齐计,直下晋阳俘齐君。

陈后主淫逸误国

临春结绮阁望仙,数十丈高数十间。
窗牖壁楣栏沈檀,金玉翠饰外珠帘。
宝床宝帐服玩瑰,近古以来所未见。
微风暂至香数里,异卉水池积石山。
妃嫔宠美迭游上,乱序狎客赋诗篇。
玉树后庭花容貌,临春乐酣歌达旦。
贵妃丽华兵家女,龚嫔侍儿上悦见,
得幸喜生太子深,七尺长发光可鉴。
敏慧神彩进止雅,瞻视眄睐光溢眼。
善候主色荐宫女,后宫咸德竞言善。
厌魅有术置淫祀,聚巫鼓舞鬼神扮。
上倚隐囊怠政事,贵妃置膝共决断。

并为条疏无遗脱，参访外事先知言。
后主益加宠爱异，妃嫔地位后庭冠。
宦官近习内外结，朋比为奸左右连。
援引宗戚横无法，货赂公行鬻卖官。
赏罚之命不出外，大臣不以因而谱。
孔张权熏灼四方，朝臣执政风附谄。
将帅自是澈过失，夺兵文吏分其权。
文武解体国覆倾，陈朝兴亡未七年。
当初姬脸花含露，玉树流光不夜寒。
花开花落难长久，落红满地终寂完。
千门万户成荒草，结绮临春化雨烟。
梦里若逢陈后主，重询后庭花妖艳。
至今景阳楼下井，千载胭脂印玉栏。

后 记

——为中华文化之复兴

作为向国庆六十八周年的献礼和作者人生六十年工作学习生活的诗词记录,《随心之语——文石斋偶成诗集》在亲人、领导、同事和朋友们的关怀、支持和帮助下付梓发行了。

诗词是中华文化传统的精华之一,是中华民族文明艺术宝库里的一颗璀璨明珠,是中华民族文明发展历史中的一把薪火相传的火炬,是中华民族爱国主义、民族气节、社会和谐、民族进步、天人合一的精神文化传承与发展的重要载体,更是中华民族文化复兴大业的重要组成部分。这本诗集的出版不是为了能使作品入史、入教和获奖,而是作者用自己的心血结晶为中华文化之复兴作出微薄的贡献。

中国诗词文化的传承与发扬要靠全体中华儿女的共同努力。学习古诗词可以让人们在欣赏作品的过程中洗涤心灵、提高修养、培养品格,树立正确的世界观、人生观和价值观,这是中华诗词文化复兴的一个重要方面。创作颂扬祖国现代社会风貌、讴歌华夏盛世、抒发精神情怀、咏古颂今、歌山赞水的诗词,也是中华诗词文化传承的主要形式和不可替代的重要途径和手段,这一形式途径和手段需要通过一代一代中华儿女的不断传承和创新,才能使得中华诗词文化传统发扬光大、历久弥新。无论作为诗词专业工作者,还是作为诗词业余爱好者,创作诗词可以记录自己的工作生活、陶冶自己的精神品质、抒发自己的真实情感、砥砺自己的意志行为,更可以对人在潜移默化中起到格物、致志、修身、齐家、治国、平天下的作用。这本诗集记录了作者几十年从事数学教育科研、高等教育管理等方方面面的工作学习生活点滴,但愿能成为中华文化复兴伟大征程上的一颗铺路石子。

当然,这颗石子不仅浸透着作者的辛勤劳作,更沁润着亲人、领导、同事、朋友对作者事业的关心、支持和帮助。亲人的悉心关爱和默默付出、导师领导的热忱关心和真诚提携、同事朋友的热心支持和无私帮助,才成就了我的数学教学科研事业、高等教育管理工作以及诗词创作工作。在这个过程中还多次得到国家自然科学基金、江苏省教育科研基金等多方面对成果发表、著作出版的支持,多次得到刘应明、王国俊、吴从炘等国内外诸多著名数学专家学者莅临南邮理学论坛指导,多次得到莫砺锋、舒贵生、曹辛华等诸多国内著名诗词专家学者莅临南邮鼎山诗社讲学。特别是诗集的出版更是得到凤凰传媒集团马渭源先生、东南大学出版社马伟先生、安徽省砀山县教育局彭碧先生和文化馆赵强先生、中国矿业大学周圣武教授和周游先生的鼎力相助。正是有了这些心血的付出才使得这颗石子能起到它应有的作用。

值此付梓之际,对所有关心、帮助过作者的亲友献上作者最真挚的谢意!

二〇一七年九月二十八日
于金陵文石斋